Nebelmond

Anaís C. Miller

Nebelmond

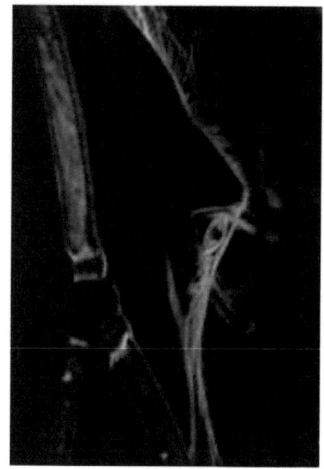

Nebelmond

Anais C. Miller

Impressum:

Text: Anais C. Miller

Cover: @ Pixaby

Printed in Germany 2017

Die Geschichte von Nebelmond erzählte ich eines Tages meiner Tochter Jill. Sie mochte sie unheimlich gern hören. Manchmal hatte sie Tränen in den Augen, wenn ich ihr von der Stute „Nebelmond" berichtete. Meine Geschichte war ausgedacht, aber das sagte ich meiner Tochter nicht…Heute erzähle ich die Geschichte für Euch. Und ich hoffe, Ihr schließt sie ebenso ins Herz, wie es einst meine Jill tat. Eine Geschichte, die vom Leben, dem Tod und von der Liebe erzählt. Eine Geschichte, die eigentlich aus dem Leben gegriffen sein könnte, denn vieles an ihr ist wahr und einige Dinge, von denen ich erzähle, spielen sich überall dort, wo sich Menschen & Tiere begegnen, tatsächlich ab…

Anais

Ein Pferd kannst du nicht zwingen, etwas für dich zu tun. Du kannst es lediglich darum bitten.

Nebelmond

Die Pferde wurden von den Männern eng zusammengepfercht. Auf dem LKW war die Luft stickig und die Tiere konnten kaum atmen. Der Geruch von Ammoniak lastete schwer auf ihren Lungen. Ängstliches Wiehern, aufgeregtes Schnauben, weit aufgerissene panische Augen. Die Pferde wussten nicht, wie ihnen geschah. Einige von ihnen schlugen aus. Aus purer Verzweiflung traten sie in Panik nach ihren Nachbarpferden. Eines der Tiere lag bereits am Boden und schien so geschwächt, dass es von alleine nicht mehr aufstehen konnte. Ängstlich wieherte es. Es war noch nicht sehr alt, wahrscheinlich ein Fohlen, das frisch von seiner Mutter getrennt worden war. Sein Hinterbein war gebrochen. Regungslos und steif lag es am Boden. In dem Kot und Urin der anderen Pferde. Hilflos war es den Angriffen der Pferde ausgeliefert. Das kleine Fohlen hatte sich bereits aufgegeben, es zeigte keinerlei Lebenswillen mehr.

Pferde treten von Natur aus niemals ein am Boden liegendes Lebewesen. Sie sind besonders bedacht, es nicht mit ihren Hufen zu verletzen. Auf dem LKW, auf dem die Schlachtpferde ihre lange, letzte Fahrt antreten sollten, blieb ihnen keine andere Möglichkeit, als auf das kleine hilflose Geschöpf einzutreten. Aus purer Platznot trampelten sie auf ihm herum. Zum Ausweichen blieb ihnen kein Platz. In ihrer Nervosität achteten sie nicht auf das am Boden liegende Fohlen. Immer mehr Pferde wurden in den Schlachttransporter von den Männern aufgeladen und die steile Verladerampe unbarmherzig hinaufgetrieben. Dies geschah von den Männern äußerst brutal und rücksichtslos. Ihnen war es egal, ob eines der Pferde auf der glitschigen Rampe ausrutschte oder gar nicht erst hinauf wollte, weil es den Geruch von „Angst" und „Tod" bereits gewittert hatte. Pferde riechen den Tod, so sagt man. Die Männer waren ohne Herz und eiskalt in ihren Gefühlsregungen. Eines der Pferde war bereits so geschwächt, dass es die Rampe nicht mehr hinaufkam. Wieder und wieder fiel es hin, rutschte aus, versuchte sich mühsam aufzurichten, bis es schließlich vor lauter Erschöpfung zusammenbrach. „Den Gaul brauchen wir nicht mehr aufladen, das hat sich erledigt!" Einer der Männer zog einen Revolver aus seinem Hosenbund und gab dem Pferd den Gnadenschuss. Der laute Knall ließ die anderen Tiere vor Schreck erstarren. „Hol den Kran, Eddi und weg mit dem Vieh!" Wenig später wurde der leblose, mächtige Körper des Tieres an den Karabiner eines Krans fixiert. Durch das Halfter am Kopf des Pferdes führten die Männer ein Seil und hakten es in einer rostigen Schlinge ein. Das schwere Gerät zog das tote Pferd vom Ort des Geschehens. Der massige Körper des Tieres schleifte über Beton und Kiesboden. Mit einem dumpfen Schlag knallte der Kopf des Pferdes auf den Asphalt. Der leblose Körper wurde hinter einem alten, vergammelten Stall entsorgt. Niemand zeigte Mitgefühl gegenüber dem Lebewesen Pferd. Die Männer hatten einen Job zu erledigen. Nicht mehr und nicht weniger. Gefühle waren da fehl am Platz. Der Stall gehörte zu einem windigen Pferdehändler. Dieser hatte den widerlichen Todestransport der Pferde veranlasst. Das Geschäft mit Pferdefleisch boomte. Für jedes Tier, das lebend in Italien auf dem Schlachthof landete, bekam der Händler pro Kilo knapp einen Euro. Das waren fast 20 Prozent mehr, als in Deutschland für das Kilo Pferdefleisch gezahlt wurde und somit war der Transport von Pferden generell ein lukratives Geschäft. Nachdem die Männer den Körper des toten Pferdes beseitigt hatten, wurden die letzten Pferde verladen. Erbarmungslos schlugen sie mit ihren Viehtreibern auf die wehrlosen Tiere ein und manövrierten sie die Rampe hinauf. Tiere, die bereits am Boden lagen, bekamen einen extra starken Stromschlag verpasst, damit sie sich wieder erhoben. Einige waren zu schwach, um die steile Rampe zügig hinaufzulaufen. Die Pferde waren alt und krank. Die meisten von ihnen jedenfalls. Mit voller Wucht, als schließlich alle Pferde verladen waren, fiel die Rampe hinter den angsterfüllten Tieren in ihre Verankerung. Einer der Männer kletterte zwischen den Streben des LKWs hindurch und versuchte, die Pferde anzubinden. Aus Angst vor Tritten der aufgebrachten Tiere versuchten die Männer von vorne an die Pferde zu gelangen. Mit einem Stock schlug der Mann wild auf die Tiere ein, wenn sie ihm nicht sofort Folge leisteten. Die Tiere rissen ängstlich ihre Köpfe hoch. Angst und Furcht konnte man in ihren Augen lesen. In ihrer Panik vor den Abläufen der Dinge, die sie nicht zuordnen konnten, drängten sich die Pferde eng aneinander. Der Mann entdeckte schließlich das kleine, regungslose Fohlen. „Komm, steh auf!

Na los, mach schon!" Mit seinem Stiefel trat er in die Flanken des leblosen Tieres. Das kleine Fohlen zuckte und seufzte schwer. Tatsächlich versuchte es sich aufzurichten. Sein Hinterlauf schmerzte, aber es nahm seine letzte Kraft zusammen und wuchtete seinen dünnen Körper vom Boden. Der Bodenbelag war glitschig, das Fohlen drohte erneut auszurutschen, aber es konnte sich im letzten Moment, vor einem weiteren Sturz abfangen. Das gebrochene Bein hielt es schmerzvoll seitlich vom Körper ausgestreckt. „Aha, du hast dir also deinen Hinterlauf gebrochen", sagte der Mann und lachte hämisch. „Das spielt keine Rolle! Dort wo du landest, da brauchst du deine Beine zum Laufen nicht mehr, kleines Fohlen! Brich dir aber nicht dein Genick, du sollst lebend ankommen, sonst bekommen wir kein Geld mehr für dich! Hörst du! An den Schlachthaken kommst du! Ihr alle hier!", schrie der widerliche Kerl, der einem Psychopathen aus einem Horrorfilm glich. Drohend fuchtelte er mit seinem Viehtreiber zwischen den ängstlichen Pferden umher. Dem Fohlen schlug er mit seiner Faust brutal auf die empfindliche Pferdenase. „Das regt den Kreislauf an", triumphierte er lachend. Sein Lachen erinnerte an das eines Wahnsinnigen. Ein „Mensch" konnte in der kranken Seele dieses Sadisten nicht mehr wohnen. „Der Schlag ist dafür, dass du mir während der Fahrt nicht schlappmachst", dabei blickte er lachend in Richtung des zitternden Fohlens. Das kleine Geschöpf befand sich bereits in einem Schockzustand. Aus Angst und Schmerzen leistete es keinen Widerstand mehr. Die Panik hatte das kleine Herz des Fohlens so schnell zum Schlagen gebracht, dass man deutlich hören konnte, wie es in der Brust des Tieres rasselte. Ängstlich und erschöpft drückte sich die kleine Stute an ihr Nachbarpferd. Der große Kaltblüter, der neben dem Fohlen angebunden war, schien von stoischer Natur. Trotz des Dramas, das sich im Inneren des Schlachtpferde-LKWs abspielte, blieb der Schimmel völlig gelassen. Es schien fast so, als hätte er sich dem Fohlen schützend angenommen.

Ruhig stand der Kaltblüter da, dabei rührte er sich nicht. Somit fand das Fohlen Halt und Schutz an ihm.

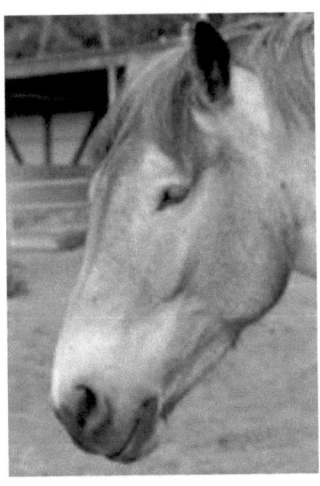

Die Fahrt dauerte endlos lange Stunden. Eine qualvolle Zeit für die Tiere, noch dazu ohne Wasser und Futter. Trotz, dass der Fahrer des Transporters verpflichtet war, den Tieren ausreichend Nahrung und Flüssigkeit durch den Pferdeknecht zukommen zu lassen, und er selbst eigentlich seine Ruhepausen einzuhalten hatte, fuhr er gnadenlos die Strecke durch, ohne einmal nach den Tieren sehen zu lassen. Zeit bedeutete bekanntlich Geld und Geld war wichtig! Im Leben eines Pferdehändlers ganz besonders. Der Fahrer des Schlachttransporters war völlig übermüdet gegen Ende des Tages. Es lagen jedoch noch einige viele Kilometer vor ihm bis nach Italien. Billigend nahm er in Kauf, dass die Pferde ohne Wasser und Futter derart geschwächt waren, dass sie während der Fahrt zu kollabieren drohten. Verluste gab es immer im Leben. Ein Tierleben war den Schlachtpferdehändlern nicht viel wert. Natürlich kam nicht jedes Pferd lebend bis zum Ziel, das war vom Händler finanziell einkalkuliert. Tote Pferde waren auf den langen

Transportwegen die Regel. Dass alle lebend und einigermaßen munter ihr Ziel erreichten, die Ausnahme. Dabei spielte das Ziel des Schlachthofes sowieso keine große Rolle mehr im Leben der Pferde. Direkt nach der Ankunft im Schlachthaus dauerte es weniger als 1-2 Stunden und sie waren erlöst. Endlich durften sie auf immergrünen Weiden in den Sonnenuntergang galoppieren und waren befreit von Schmerz, Leid und Pein. Sie fanden ihren Frieden. Hinter der Regenbogenbrücke. Welch eine Erlösung für die Pferde nach den leidvollen Qualen in ihren letzten Lebensstunden auf dem LKW und im Schlachthaus. Erlöst wären sie ebenfalls von den Grausamkeiten der herzlosen Menschen, die sie auf ihrem letzten Weg begleiteten. Springpferde, Freizeitpferde, Fohlen, Kaltblüter, Ponys, alle waren vertreten auf der letzten Reise. Eine Reise in die Hölle im LKW des Todes, der mit 20 Pferden besetzt, wahrscheinlich überladen und auf dem Weg nach Italien unterwegs war. Nach ihrer anfänglichen Panik resignierten die Pferde irgendwann und ergaben sich ihrem Schicksal. Regungslos standen sie fesseltief im Dreck ihrer eigenen Fäkalien. Die Stricke ihrer Halfter waren an die Streben des LKW gebunden. Kleine, schmale Lüftungsschlitze gab es, aus denen die Pferde wenigstens etwas Frischluft bekamen. Luft zum Atmen von der Welt außerhalb ihres Gefängnisses. Die kurzen Stricke, mit denen sie angebunden, oder vielmehr fixiert waren, ließen ihnen kaum Freiraum. Selbst ihre Köpfe konnten die Tiere nur minimal bewegen. Das gutmütige, sanfte Kaltblut, an welches sich das kleine Fohlen schutzsuchend lehnte, schnaubte leise. Der kräftige Schimmelwallach war alt und müde vom Leben. Seine Knochen waren verbraucht und schwer, seine Seele tieftraurig. Sein Körper träge. Jahrelang hatte er an der Seite eines Menschen treu gedient. Sein „Boss", wie man den alten Herrn nannte, war vor ein paar Tagen an Krebs gestorben. „Mach`s gut mein treuer Freund, Merlin", hatte ihm der Boss wehmütig zugeflüstert. Schon vor Tagen hatte der „Boss" gespürt, dass seine Zeit gekommen war. Ein letztes Mal raffte er seine alten

Knochen auf, schleppte sich aus dem Zimmer, in dem er bereits seit mehreren Wochen gebettet war und auf seinen sicheren Tod wartete. Ein letztes Mal ging er hinaus, um sich von seinem Pferd „Merlin", dem wunderschönen Kaltblüter, einem prächtigen Boulonnaise, das ihm viele Jahre lang treu gedient hatte, zu verabschieden. Seinen Hof und alles, was er besaß, hatte schon längst sein jüngster Sohn übernommen und dieser mochte keine Pferde leiden. Das Herz des alten, kranken Mannes war schwer, als er sich von Merlin trennen musste. Der Boss wusste genau, dass auch für Merlin die Lebensuhr abgelaufen war und sobald man ihn unter die Erde gebracht, auch für seinen langjährigen, vierbeinigen Freund die letzte Stunde geschlagen hatte. „Wir werden uns wiedersehen, mein Guter!" Zärtlich und liebevoll strich der alte Mann seinem vierbeinigen Gefährten Merlin über das seidene Fell. Das treue Pferd spürte genau, dass seine Zeit bald gekommen war und er seinen Boss nie wiedersehen würde. Instinktiv fühlte Merlin das Ende nahen. Das Ende des geliebten Herrn und sein eigenes. Wenige Tage nur, nachdem der „Boss" beerdigt war, wurde „Merlin" an den Pferdemetzger übergeben. „Merlin" leistete keinen Widerstand, als er auf den LKW verladen wurde. Das kluge Tier verstand ohnehin, dass ein Kampf sinnlos wäre. In seinen Erinnerungen pflügte Merlin zusammen mit seinem Boss das Ackerfeld im Sonnenuntergang. Bald würden sich die beiden wiedersehen! Merlin erinnerte sich an die guten Tage in seinem Leben. Immer, wenn das brave Pferd die Arbeit zur Zufriedenheit seines Herrn erledigt hatte, bekam es eine extra große Portion Heu und frische Möhren von ihm serviert. An die Worte seines Herrn erinnerte sich Merlin. „Du bist das Beste, das mir in meinem Leben passiert ist, mein alter Freund! Natürlich ist meine Frau, die „Annelie", eigentlich das Schönste, das mir in meinem Leben begegnete, aber sie ist ja schon so lange tot." Merlins Boss war ein feiner, liebevoller und gutmütiger Mensch. Er behandelte die Pferde und seine Tiere zeitlebens gut. Merlin mangelte es in all den Jahren weder an Liebe, noch an Futter und auch nicht an guten Worten. Schmerzvoll nahm das Pferd in seiner Erinnerung Abschied von den bunten Bildern aus der Vergangenheit. Der letzte Weg seiner Reise, den Merlin tapfer angetreten hatte, war schwarz, traurig und bitter. Kämpfen? Gegen das „Übel" ankämpfen? Nein, dazu war Merlin mittlerweile zu alt und zu gut erzogen. Das Kaltblut leistete den Menschen seit jeher Folge und widersetzte sich ihnen nicht. Das hatte sein Boss ihn gelehrt. Dem kleinen Fohlen, das sich immer noch verloren an Merlin kauerte, gebot der große Kaltblüter gerne Schutz und Halt. Das war wahrscheinlich das letzte „Gute", das Merlin in seinen wenigen Lebensstunden, die ihm noch blieben, tun konnte auf dieser Erde.

Nebel zog über das Land.

Die Sichtweite auf der Autobahn war katastrophal. Sprichwörtlich: „Man sah die Hand vor Augen nicht mehr!" Als es passierte, war der Fahrer hinter dem Steuer kurz eingenickt.

Sekundenschlaf.

Ein dumpfer Knall. Sein Gefährt war auf einen vorausfahrenden LKW, der aufgrund des Nebels kurz gebremst hatte, aufgefahren. Ungebremst.

Der LKW mit den Pferden an Bord, wurde durch die Wucht des Aufpralls gegen die Leitplanke geschleudert. Durch den Aufprall an der Leitplanke wiederum, wurde der LKW quer über die Fahrbahn zurück katapultiert und kippte in eine gefährliche Seitenlage. Sämtliche Scheiben des Führerhauses zerborsten in unzählige Glassteine. Hunderte! Tausende kleine Splitter! Enorm einwirkende Kräfte von unvorstellbarem Ausmaß hatten Fahrer und Beifahrer regelrecht aus dem Führerhaus gerissen. Der führerlose LKW schlug mit seinen mehr als 40 Tonnen Gewicht in Seitenlage auf die Fahrbahn auf. Er schlitterte noch einige Meter über den Asphalt. Knirschende, schabende Geräusche. Feuerfunken stoben zwischen Geschoss und Straße empor und erhellten die Nacht wie ein Feuerwerk. Die beiden Fahrinsassen waren auf der Stelle tot, sie hatten keine Chance. Vom Aufschlag des LKWs auf dem Beton der Autobahn, hatten sie nichts mehr gespürt. Die Stricke der angebundenen Pferde im Innenraum der Ladefläche des LKWs rissen allesamt durch die Wucht, mit denen ihre schweren Körper durch die Gegend katapultiert wurden. Die Gesetze der Physik fanden ihre Wirkung. Die Pferdekörper flogen kreuz und quer durch das Abteil der Ladefläche. Die Tiere kollidierten miteinander. Kopfüber, seitlich, ineinander, übereinander und sie prallten gegeneinander. Abgetrennte Gliedmaßen lagen zwischen ihren leblosen Körpern und es war überall Blut. Das Blut verteilte sich zwischen den Tieren. Unheimlich viel Blut gab es. Überall. Es war grausam. Ein Albtraum. Die Verladerampe wurde durch den Aufprall abgetrennt, als der LKW seitlich aufschlug. Regelrecht abgerissen wurde sie mit solch einer Wucht, dass sie gegen das hintere Auto flog, das nicht mehr

rechtzeitig bremsen konnte, während der LKW umkippte. Knarren, Knirschen, Splittern…! Geräusche hallten durch die Nacht, die an eine Massenkarambolage aus einem Horrorfilm erinnerten. Ewig schien es zu dauern, bis der völlig demolierte und ramponierte Körper des LKW zum Stillstand kam.
Endlich hörte man nichts mehr. Es war es vorbei. Grabesstille breitete sich aus. Der Nebel hatte sich gelichtet. Ein runder, praller Vollmond schob sich zwischen die Wolken am Himmel hindurch. Er erleuchtete alles in hellem Schein.

Tödliche Stille.

Menschenschreie. Weit draußen. Irgendwo im Nirgendwo.

Hilferufe.

Blinkende Lichter. Immer wieder rote und blaue Lichtblitze, die die Nacht erhellten und sich an den Autos spiegelten.

Irgendwo ging eine Sirene. Schreie! Immer wieder Schreie. Im Innenraum des LKWs stöhnten die Pferde. Ihre Körper lagen größtenteils übereinander. Einige zuckten mit den Beinen. Es roch nach Blut und Sterben.

Letzte Lebenszeichen gaben sie von sich, bevor das Licht auf ewig erlöschen würde. Eines der Pferde, das ziemlich weit oben auf den anderen Tieren lag, hob den Kopf und versuchte aufzustehen, sich aufzurichten. Das Pferd war blutüberströmt. Überall war Blut.

An den Wänden des LKW.

Auf dem Boden.

Der Innenraum war trotz der Karambolage beinahe unversehrt geblieben. Beängstigend war das. 15 Minuten dauerte es, bis die Rettungseinsatzkräfte eintrafen und sich dem Bild des Grauens stellen mussten. Der Anblick, der sich ihr an der Unfallstelle bot, war jedenfalls nichts für schwache Nerven. „Ellen", war das erste Mal zu einem derartigen Einsatz gerufen worden. Die junge Rettungsärztin hatte soeben ihr Examen beendet und arbeitete erst seit kurzer Zeit in der Unfallklinik. „Steve", der erfahrene Einsatzleiter, auf den Ellen vor Ort traf, schüttelte den Kopf, als er den Teil, wo sich einst die Fahrerkabine des LKWs befunden hatte, ausleuchtete. „Hier kommt jede Hilfe zu spät, vermute ich. Wir müssen gucken, ob wir den Fahrer finden, den hat es anscheinend aus dem Führerhaus gerissen. „Wahrscheinlich war eine zweite Person mit dabei, Tiertransporteure fahren selten allein!" Seine Worte klangen ernst und in Ellens Ohren ziemlich brutal, aber sie entsprachen der grausamen Realität. Die Einsatzkräfte sperrten den Bereich der Autobahn ab, indem sie Warndreiecke aufstellten und den nachfolgenden Verkehr stoppten, der mittlerweile sowieso zum Erliegen gekommen war.

Zum Glück waren keine weiteren Autos mehr in die beiden verunfallten LKWs gekracht, trotzdem standen einige von ihnen kreuz und quer zur Fahrbahn. Kleinere Blechschäden waren nicht auszuschließen. Geschockt standen einige Autofahrer neben ihren Autos.

Hilflos.

Verängstigt.

Steve lief zu dem anderen LKW. Zu der Zugmaschine, auf die der Pferdetransporter aufgefahren war. Die Männer aus dem LKW schienen unversehrt, sie standen bereits hinter der sicheren Absperrung der Leitplanke, hatten aber einen Schock erlitten. Steve führte sie zum Rettungsfahrzeug. Dort wurden ihnen Decken gereicht und Ellen sollte die beiden untersuchen, welche Verletzungen sie davongetragen hatten. Alles schien gut auf den ersten Blick. Die Männer waren lediglich mit dem Schrecken davongekommen. Als Steve die beiden toten Männer gefunden hatte, nachdem er die Autobahn ein gutes Stück abgelaufen war, bedeckte er die Leichen mit einer Decke und zog sie beiseite. Abseits der neugierigen Blicke der Autofahrer, der Schaulustigen, die immer irgendwo an einem Unfallereignis zugegen waren. Steve kannte es nicht anders. Manchmal hasste Steve seinen Job. Leichen zu beseitigen, sie ansehen und bergen zu müssen, war kein leichtes Unterfangen. Natürlich hatte er nach 20 Jahren eine gewisse Routine entwickelt, aber jedes Mal wenn er seinen Job erledigte, überkam ihn das Grauen und Entsetzen, wie grausam das Leben doch sein konnte. „Was ist mit den Tieren hinten drin? Was ist mit den Pferden?" Aufgebracht liefen einige Menschen durch die neblige Nacht und schrien hilflos durch die Gegend. Menschen, die genau wussten, dass sich Pferde an Bord des LKWs befanden. Waren es Tierschützer, Menschen, die vielleicht selbst Pferde besaßen, Menschen, die unter Schock standen und verzweifelt durch die Nacht irrten? Wollten sie helfen oder erschwerten sie den Rettungskräften ihren Einsatz unnötig? Als Ellen die Verletzten des Unfalls erstversorgt hatte, lief sie zu Steve. „Was ist mit den Pferden? Gibt es noch lebende Tiere da drin?", fragte sie vorsichtig. Steve hatte noch nicht nachgesehen. Wenn er ehrlich war, graute es ihm davor, in den Innenraum des LKW zu klettern um zu schauen, was sich dort drinnen abspielte. Es war erstaunlich still geworden im Laderaum. Kein Wiehern. Kein Trampeln. Stattdessen nur bedrohliche Stille. Eine beklemmende Atmosphäre und niemand wusste so recht, was zu tun war. Einen Tiertransporter zu bergen, war eine undankbare Aufgabe für die Rettungskräfte und kam auch nicht sehr häufig vor. Steve war im Besitz einer Waffe, mit der er im Notfall leidende Tiere erschießen, sie von ihren Qualen erlösen durfte. Sollten es einige der Pferde im Innenraum überlebt haben, ihre Verletzungen aber so gravierend waren, musste er ihr Leiden beenden und sie töten. Seine Gedanken kreisten um den genauen Ablauf des Bergungsvorgangs. Wie sollte er vorgehen? Zuerst würde er die Tiere einzeln erschießen müssen. Wenn der Abschlepp- LKW, der bereits auf dem Weg war, eingetroffen war, würde dieser das Fahrzeug mitnehmen und man müsste später die toten Tiere mit einem Kran von der Ladefläche wuchten. Dazu musste das Dach des LKW zunächst mit einer Schere aufgeschnitten werden. Gut, das würde nicht mehr zu seinem Job gehören. Jedoch gehörten zu seinem Job die unzähligen Gedanken, die in seinem Kopf kreisten. Er war kein Mensch, an dem das Schicksal anderer Menschen abprallte, auch wenn er darauf trainiert war, cool zu bleiben und die eigenen Gefühle zu unterdrücken. Oftmals gingen ihm die Tragödien, die sich an den Unfallstellen abspielten, sehr nahe und zu Herzen. Einige Bilder verfolgten ihn noch Tage später. Albträume waren nicht selten an der Tagesordnung. Dennoch liebte Steve seinen Job. Steve kletterte beherzt in den Innenraum des LKWs, der sich in Seitenlage befand. Der Gestank von Ammoniak, Blut und verbrannten Materialien setzen sich in seiner Nase fest. Ein widerlicher Geruch. Einige der Tiere, die hilflos übereinander lagen, zappelten kraftlos. Steve hatte wenig Ahnung von Pferden. Seine Frau, von der er sich vor einigen Wochen getrennt hatte, war eine große Pferdeliebhaberin gewesen. Er dachte kurz an sie und die Bilder der Erinnerungen sausten durch seinen Kopf. Warum hatte man sich eigentlich getrennt? Gut, das waren Dinge, die gehörten nicht hierher. Die Situation war zu ernst. Aber die Trennung von „Kerrin" war auch ein ernstes Thema. Steve vermisste sie unheimlich. Wäre sie jetzt hier gewesen, vor Ort, sie hätte ihm sicherlich helfen können mit ihrem Fachwissen über Pferde. Ellen, die mittlerweile die Menschen notdürftig versorgt hatte, war ebenfalls in den Innenraum des LKWs geklettert. „Brauchst du Hilfe, Steve?", rief sie. Ihre Stimme zitterte. Ellen hatte Angst.

Angst vor dem, was sie erwarten würde im Inneren des schweren Gefährts. Dass es sich um ein Lebendtiertransportfahrzeug handelte, war ihr bewusst. Steve erschrak für einen kurzen Moment. Nein, Ellen sollte das Elend nicht ansehen. Steve mochte es nicht, Frauen unnötigem „Übel" auszusetzen. Da interessierte es ihn auch nicht, dass Ellen Rettungsärztin war. Das Leiden der Tiere musste sich die zarte Frau nicht „reinziehen", wie er es gedanklich nannte. Den grausamen Horror, der sich in seinem schrecklichen Ausmaß in wenigen Minuten Steve gegenüber offenbaren würde, wollte er der jungen Frau ersparen. „Bleib bitte zurück", antwortete er und hob die Hand in Ellens Richtung. Das ist nichts für dich! Hier ist nichts mehr zu retten, Ellen!" Ellen ließ sich nicht beirren. Ihre Nerven waren stark genug, dachte sie. Sie wollte es sehen. Die Grausamkeit, die der fürchterliche Unfall hinterlassen hatte. Den Tod sah sie beinahe jede Woche einmal. Das war nichts Neues mehr. Tote Tiere hatte sie bisher weniger gesehen. Sterbende Tiere eigentlich gar nicht. Es waren eher die Menschen, die sie auf dem Weg des Sterbens begleitete. Vielleicht war doch noch etwas zu retten in dem LKW, dachte sie. „Lass uns das bitte gemeinsam ansehen, Steve!" Ellen war entschlossen, sich dem Grauen zu stellen. Steve gab nach. Frauen zu widersprechen, war nie seine Art gewesen. Er war nicht einer der Männer, die endlos diskutieren mussten, um einer Frau zu signalisieren, dass er ihre Meinung nicht respektierte, weil sie das schwächere Geschlecht waren. Von der Sorte liefen genug Kerle draußen rum. Nein, so wie diese wollte er nicht sein. „Okay, Ellen!" Steve senkte den Kopf und zog seinen Revolver aus der Jackentasche. Im LKW war es dunkel. Mittlerweile war es mitten in der Nacht und seine Taschenlampe gab nicht wirklich viel Licht her. Die Batterie schien schwach. Er leuchtete die Pferde ab. Sein Lichtstrahl traf auf ein Pferdeauge. Das Auge des Tieres war entsetzlich weit aufgerissen. Das Pferd lebte noch. Steve lud seinen Revolver durch und richtete den Lauf auf den Pferdekopf.

„Willst du jetzt wahllos einfach alle Pferde abknallen?" Ellen war entsetzt. Sie griff Steve am Arm und drückte ihn energisch nach unten. „Was soll ich denn tun?" Verzweiflung sprach aus dem Mann. Die Pferde spürten, dass ihnen weiteres Unheil bevorstand und einige von ihnen, in denen noch Lebensgeister innewohnten, versuchten sich aufzurichten. Durch die Bewegungen stöhnten die Pferde, die unter den schweren Körpern ihrer Artgenossen begraben waren. Ellen nahm Steve die Taschenlampe aus der Hand und näherte sich vorsichtig den Tieren. Ellen war keine Pferdespezialistin, aber sie war seit Kindesbeinen an eine sichere Reiterin und brachte einige Kenntnisse und Erfahrungen über die sensiblen Tiere mit. Sie leuchtete die Pferde ab. Die meisten von ihnen schienen gebrochene Gliedmaßen zu haben. Das erkannte sie an deren verrenkten Stellungen. Die Beine der Tiere waren verdreht und ihre Körper zitterten, waren schweißdurchtränkt. Zwei der Pferde lagen etwas außerhalb der aufgetürmten Körper. Ein weißes Pferd und ein kleineres dunkles, ein Pony vielleicht. Langsam, fast unmerklich näherte sich Ellen den beiden regungslosen Körpern. Um die Tiere herum war genug Platz, sodass beide vor Angst und Panik hätten aufspringen können. Ellen musste sich selbst vor Gefahr schützen. Wenn die Pferde aufgesprungen wären, hätte sie zerquetscht werden können. Deshalb ging sie sehr bedacht in ihren Bewegungen vor. Das kleinere Pferd, das Ellen zunächst für ein Pony hielt, war ein Fohlen. „Oh mein Gott", durchfuhr es Ellen. Das Fohlen lebte. Als sie es mit der Lampe ableuchtete, sah sie in das Auge des Tieres. Das Fohlen hob, geblendet durch den Lichtstrahl, seinen Kopf und versuchte aufzustehen. Das weiße Pferd, das seitlich unter dem Fohlen lag, schien ebenfalls zu leben. Es schnaubte leise. Der Lichtstrahl der Taschenlampe wanderte langsam über den Körper des mächtigen Tieres. Ein Hinterbein des Fohlens war gebrochen. Ellens geschultes Auge erkannte Frakturen innerhalb weniger Sekunden. Das brachte die Erfahrung aus ihrem Beruf mit sich. „Pssst", versuchte sie das Fohlen zu beruhigen. „Nicht aufstehen! Wir helfen dir gleich, bleib ruhig!" Ellen streckte ihre Hand langsam nach dem Fohlen aus. Nur wenige Zentimeter trennten Tier und Mensch voneinander. Das Fohlen war zu schwach, um aufzustehen, seinen Körper aufzurichten und sich gegen die Berührungen der Frau zu wehren. Erschöpft legte es seinen Kopf auf den Bauch des Kaltblüters. Das schwere Kaltblut „Merlin" hatte bei dem Unfall, in dem Moment, als der LKW umkippte, das Fohlen wie durch ein Wunder abgefangen, als beide aufeinanderprallten. Das Fohlen war durch den mächtigen Körper des Schimmels „weich" gefallen und hatte sich keine weiteren Verletzungen zugefügt. Sein Bein war bereits vor dem Unfall gebrochen. Weil die Männer, die die Pferde verladen hatten, es unsanft und brutal die Rampe hinaufgetrieben hatten. Merlin war bereit zu sterben. Durch den Aufprall seines 900 kg schweren Körpers auf den Eisenboden des LKW hatte er mehrere Rippenbrüche erlitten. Eine Rippe hatte unbarmherzig seinen Lungenflügel durchbohrt. Blut lief aus seinem Maul und aus seinen Nüstern. Mit jedem Atemzug spürte er das Leben aus seinem Körper schwinden. Merlin nahm es mit Würde. Tiere sterben anders als Menschen. Ihre Herzen sind frei und bereit, den sterbenden Körper loszulassen, wenn ihre Seele den Tod signalisiert. Merlin atmete schwer. Die Luftzufuhr war begrenzt. Er kämpfte nicht mehr dagegen an. Der Lichtstrahl aus Ellens Taschenlampe traf sein Auge. Ellen sah das Blut. Dickes, tiefrotes frisches Blut lief aus dem Maul des Schimmels. Ellen bückte sich zu dem Pferd hinunter und streichelte über seine Nase. Sie spürte, dass dieses Pferd, das im Sterben lag, ein besonderes Tier war. Ellen hatte keine Angst. Dieses große Kaltblut, vor ihr am Boden, schien weise und lebenserfahren. Das spürte die junge Frau tief in ihrem Herzen. Eine Intuition. Ellen war ergriffen. Niemals zuvor in ihrem Leben hatte sie ein Pferd gesehen, das so weiß wie der schönste Schnee im Winter war. In dunklen Innenraum des LKWs leuchtete der Schimmel beinahe wie ein Funken der Hoffnung. „Du hast dem Fohlen das Leben gerettet!" Ellens Augen füllten sich mit

Tränen, während sie immer wieder würdevoll über die Nase des sterbenden Pferdes strich. Ihre Hand zitterte. Merlin hob ein letztes Mal den Kopf. Er spürte, dass der Mensch, der vor ihm stand, es gut mit ihm meinte. In seinen wenigen Lebensminuten, die ihm blieben, spürte er Mitgefühl und Respekt. Wärme. Ein Gefühl von Heimat. „Steve", bitte! Du musst den Schimmel erlösen!" Ellen wischte sich die Tränen aus ihren Augen. Eine ihrer Tränen fiel in das Auge des Pferdes. Welch ein berührender Moment…Steve nahm Ellen beiseite. Er hatte bemerkt, dass sie weinte. „Das sind nur Tiere!", flüsterte er leise, als er den Revolver durchlud. Beinahe so, dass die Pferde ihn nicht verstehen sollten. Seine gutgemeinten, tröstenden Worte, die an Ellen gerichtet waren, verfehlten ihre positive Absicht völlig. Ellen riss sich aus Steves Armen. „Nur Tiere?!" Beinahe hysterisch schrie sie. „Du hast ja gar keine Ahnung, Steve! Die Tiere hier sollten alle sterben! Warum auch immer! Auf dem Weg ins Schlachthaus waren sie! Menschen bestimmen über Tod und Leben! Tagtäglich, überall auf der Welt und du sagst, es sind nur Tiere!" Ellen war außer sich. Steve hielt sich zurück. Es war nicht der richtige Zeitpunkt, Ellen zu erklären, dass seine Worte sie trösten sollten und Steve sie unbedacht gewählt hatte. Zwei Menschen befanden sich in einer Extremsituation. Aus diesem Augenblick heraus richtig zu agieren und reagieren zu können, war ein Kunststück, das wohl kaum ein Mensch vollbracht hätte. „Bitte, erlöse den Schimmel!" Ellen ergriff Steves Arm. „Das Fohlen auch?" Steve glaubte sicher, dass er alle Pferde erschießen musste, früher oder später, jedoch stellte er Ellen die Frage. Steve spürte, Ellen ging der Unfall sehr nahe und er wollte die junge Frau nicht noch mehr in Bedrängnis bringen, oder sie verunsichern, indem er sich ihr gegenüber falsch verhielt. „Nein!" widersprach Ellen bestimmt. „Das Fohlen nicht! Das nehme ich mit". „Du machst was?", blickte Steve ungläubig zu Ellen. Er glaubte, sich verhört zu haben. „Ja", das nehme ich mit!" Ellen war verzweifelt und nervlich am Ende. Fahrig fuhr sie sich durch die Haare. Sie hatte den Durchblick verloren. Ihre Nerven waren zum Zerreißen gespannt. Die ganze Situation überforderte sie und sie wünschte sich fort von dem Geschehen. Fort vom Ort des Grauens. Nach Hause am liebsten. In ihr warmes Bett, auf ihre Couch, in die heiße Badewanne oder wohin auch immer, einfach fort von dem Erlebnis, das ihr schlimmster, wahrgewordene Albtraum war und in dem sie die Hauptrolle spielte. Sie griff nach dem Handy in ihrer Hosentasche und wählte die Nummer ihres Tierarztes Dr. Winkler. Dr. Winkler war ihr Vertrauter. Seit Jahren. Für ihren Hund und ihre Katze zuhause war er der erste Mann in Krankheitsfällen. Als dieser am anderen Ende ziemlich verschlafen abnahm, immerhin war es mitten in der Nacht, bat Ellen: „Können Sie bitte zur Ausfahrt 69 kommen? Hier hat es einen Unfall mit einem Pferdetransporter gegeben. Ein Fohlen braucht sofort tierärztliche Hilfe!" Der erste Schuss hallte durch die Nacht. Steve hatte Merlin erlöst. Der Kaltblüter fand seinen Frieden. Das kleine Fohlen war in Panik aufgesprungen. Auf drei Beinen flüchtete es zitternd und unter Qualen in die hinterste Ecke des LKWs. Seine letzen Kräfte hatte es zusammengenommen. Das Fohlen war traumatisiert, das war Ellen bewusst. Von den anderen Pferden versuchten ebenfalls einige aufzuspringen, aufgeschreckt durch den Schuss, der durch die Nacht hallte. Ellen schüttelte den Kopf, als Steve sie fragend ansah, während die sterbenden Pferde in Panik gerieten. Keines der Tiere war mehr zu retten. Das hatte Ellen mit ihrem Kopfschütteln signalisiert. Steve richtete den Revolver nach und nach auf die Pferde und drückte ab. Eines nach dem anderen schickte die Eisenkugel, die Steve durch die Köpfe und Körper der Pferde jagte, ins Jenseits. Nach Hause. Dorthin, wo der Frieden wohnte. Die Körper der Tiere sackten leblos zusammen und auf dem LKW herrschte bedrückende Stille. Kein Stöhnen mehr, kein Schnauben, kein lautloses Weinen und keine stummen Schreie der verlorenen Seelen. Die Grausamkeit hatte ihr Ende gefunden. Tödliche Stille. Bis auf das Fohlen waren alle

Pferde tot. Dr. Winkler war zügig vor Ort. Ellen kannte er, seit sie ein kleines Mädchen war. Er behandelte bereits die Tiere ihrer Eltern, da lag Ellen noch in den Windeln. Das Fohlen ließ sich nicht anfassen. Voller Furcht und Panik sprang es auf drei Beinen hin und her. „Wir müssen es sedieren!" Dr. Winkler kramte in seiner großen schwarzen Tasche. Ihm fehlten für die Gräuel, die sich ihm in der Nacht des Vollmondes boten, die Worte. „Steve, können Sie bitte versuchen, das Fohlen zu greifen? Am besten mit beiden Armen den Hals umfassen, damit ich dem Tier eine Beruhigungsspritze geben kann?" Dr. Winkler zog hastig eine Spritze auf. Nach einigen wenigen Versuchen packte Steve das Fohlen schließlich und das entkräftete Tier leistete keinen Widerstand mehr. Das Beruhigungsmittel floss in die Venen und das Tier sackte erschöpft in Steves Armen zusammen. „Das Bein ist gebrochen!" Dr. Winkler betrachtete das Fohlen. „Genaueres wird nur eine Röntgenuntersuchung ergeben, aber das weißt du genauso gut wie ich, Ellen!" Er griff Ellen respektvoll an die Schulter. Die junge Frau stand unter Schock. Trotz, dass sie Leben retten und Nerven bewahren musste, war ihr die Situation entglitten. Von cool und abgeklärt konnte bei ihr keine Rede mehr sein. Ein Gefühlswirrwarr! Auch wenn sie jahrelang darauf geschult worden war, auf solche „Ernstfälle" war sie nicht vorbereitet. Das Leben schrieb manchmal andere Gesetze. Theorie und Praxis klafften oftmals weit auseinander und wenn man Pech hatte, konnte man einstudierte Vorgehensweisen nicht anwenden. Regungslos und gelähmt akzeptierte sie diese Tatsachen. „Das Fohlen sollte in die Tierklinik", sinnierte sie leise vor sich hin. „Wir können in meinem Auto die Rücksitze umklappen und es in den Kofferraum legen." Ellen fuhr einen alten, klapprigen Kombi, dort war genug Platz, um ein Fohlen zu transportieren, solange es ruhig liegen würde.
Unberücksichtigt dessen, ob Steve und Dr. Winkler die Idee gut fanden, dem Tier das Leben zu schenken oder sie sein Leiden lieber beendeten, griffen beide Männer das regungslose

Tier und kletterten mit ihm aus dem LKW. Ein Fohlen trugen sie durch die Nacht im Schein des Mondes. Vorbei am Blitzlichtgewitter der Polizeiautos, den Krankenwagen und vorbei an Menschen, die am Rand der Autobahn standen, weil der gesamte Verkehr lahmgelegt war. Ellen hatte die Sitzbank ihres Autos bereits umgeklappt und die beiden Männer konnten das Tier vorsichtig hineinlegen. „Du kannst nicht selbst fahren, Ellen", ermahnte Steve sie. „Du bist nervlich viel zu angespannt! Ich fahre Euch!" Ellen war erleichtert. Ja, sie war bestimmt nicht mehr in bester Verfassung, sowohl psychisch wie auch physisch. Als Autofahrerin keine guten Voraussetzungen an diesem frühen Morgen. Dankend nahm sie das Angebot von Steve an. Sie war erleichtert, dass er Verantwortung zeigte, und auch Mitgefühl. Für einen kurzen Moment überlegte sie, ihren Freund anzurufen und ihn zu bitten, dass er sie fuhr. Zur Tierklinik. Immerhin war er zuhause. Im warmen Bett wahrscheinlich. In Sicherheit. In Sicherheit vor den Grausamkeiten, die das Leben in diesen Stunden geschrieben hat. Als selbstständiger Computerfachmann kannte er die Gegebenheiten, mit denen sich Ellen täglich in ihrem Beruf rumschlagen musste, nicht wirklich. Nein, Ellen würde Maik nicht anrufen. Seit mehreren Wochen spürte Ellen, dass das Verhältnis zu Maik nicht mehr das Beste war und ihre Beziehung langsam aber sicher den Bach runterging. Für Ellens Belange hatte Maik kein Gespür, seine Wahrnehmung dafür konnte man auch als stumpf bezeichnen. Maik gab Ellen nur noch schlecht den Halt, den sie brauchte, wenn sie nach Feierabend, bzw. Dienstschluss heimkehrte. Von Tod und Sterben wollte er nichts hören. Er war der Mensch, der Zahlen, Kalkulationen und Technik im Kopf hatte. Die Traurigkeit, die Einsamkeit und der Tod, sowie schwere Krankheiten, waren ihm fremd. Er verbannte diese Wörter einfach aus seinen Gedanken. Wenn Ellen versuchte, ihm ihr Herz auszuschütten, reagierte er oftmals kühl und abweisend. „Dann hättest du dir eben einen anderen Job aussuchen müssen, wenn du nicht damit klarkommst!", entgegnete er trocken. „Ich möchte bei dem Fohlen hinten auf der Ladefläche mitfahren! Wäre das okay für dich?" Steve nickte. „Natürlich Ellen!" „Danke Dr. Winkler!" Ellen schüttelte die Hand des Tierarztes. Ihr Griff war fest und ausdrucksstark, sie hatte sich wieder etwas gefangen. Dr. Winkler bewunderte die junge Frau. Die Entschlossenheit einer so kleinen und zarten Person imponierte ihm. Respektvoll sagte er: „Viel Glück Ellen! Wir sehen uns!" Der Kombi, mit Steve am Steuer, sowie Ellen und dem Fohlen auf den umgeklappten Rücksitzen, setzte sich holprig in Bewegung. Die Gangschaltung hakte etwas und Steve hatte mit fremden Autos anfänglich immer so seine Probleme. Ellen saß zusammengekauert auf der Ladefläche ihres Autos. Den Kopf des Fohlens bettete sie liebevoll auf ihren Beinen. Sanft streichelte sie über den ausgemergelten Körper des erschöpften Tieres. Sie blickte aus dem Fenster. Der Vollmond zog neben ihnen her, wie ein Begleiter der Hoffnung. Hoffnung, weil er Licht spendete. Zwischendurch schoben sich ein paar Wolken vor den gelben Ball am Himmel. „Nebelmond", dachte Ellen. Ellen drehte ihren Kopf zum Vorderraum des Autos. Steve saß schweigend am Lenkrad. „Nebelmond", sprach sie in seine Richtung. „Das Fohlen soll Nebelmond heißen, Steve, wie findest du das?!" Ein schwaches Lächeln huschte über ihr Gesicht und eine kleine Träne kullerte an ihrer Wange entlang. Steve blickte in den Rückspiegel. „Das ist ein wunderbarer Name für das Fohlen, Ellen!" Welch eine besondere Frau Ellen doch war, überlegte Steve. Eine Frau, die das Herz am rechten Fleck hatte. Eine Frau wie Ellen, verdiente Maik gar nicht. Steve kannte Maik gut. Er wusste, dass Maik ein egoistisches Arschloch war. Gefühllos und kalt, berechenbar. Ein Geschäftsmann ohne Herz. Aber das war nicht seine Angelegenheit. Er durfte sich nicht einmischen. Oftmals überlegte er, Ellen die Augen zu öffnen, oder sich Maik zur Brust zu nehmen. Ein Gespräch von Mann zu Mann, aber wozu sollte er sich in die Beziehung der beiden einmischen? In der Tierklinik kümmerte man sich rührend um Ellen, Steve und ihr vierbeiniges Sorgenkind Nebelmond. Im Radio hatte man bereits erfahren, was auf der Autobahn passiert war und Dr. Winkler hatte den Patienten telefonisch angekündigt. „Wir kümmern uns um das Pferd so gut es geht, Ellen!" Dr. Schweiger, der diensthabende Tierarzt schien zuversichtlich. „Wir werden in Ruhe röntgen und alle weiteren Organe untersuchen! Sie fahren jetzt bitte nach Hause und kümmern sich um sich selbst, in Ordnung?" „Aber ich möchte wissen, was los ist, es ist kein Problem für mich, hier zu warten, bis die Untersuchungen abgeschlossen sind", leistete Ellen energischen Widerspruch. Dr. Schweiger nahm Ellen lächelnd und herzlich in den Arm. „Sie können hier ohnehin nichts weiter tun und das Warten ist keine gute Lösung in ihrem Zustand! Sobald wir etwas wissen, rufen wir an und morgen besuchen Sie ihre kleine Freundin!" Hat die kleine Stute schon einen Namen?" Dr. Schweiger blickte Ellen fragend an.

„Nebelmond!"

„Ein besonders außergewöhnlicher Name!", lächelte der Tierarzt erstaunt. In seinem Leben hatte er viele Pferdenamen gehört. Ein „Nebelmond" war ihm noch niemals untergekommen. „Morgen kommen Sie „Nebelmond" besuchen und dann besprechen wir alles weitere!" Er drückte Ellens Hand und zwinkerte ihr dabei freundlich zu. Ellen nickte. Auf weiteren Widerstand verspürte sie keine Lust mehr. Sie war müde und erschöpft. Sehnte sich nach einem heißen Bad, einem Kaffee und wenn sie ehrlich war, wünschte sie sich in Maiks Arme. Zuspruch, Wärme, Geborgenheit und einem Ort, an dem sie ihren Tränen freien Lauf lassen konnte. „Nebelmond", die kleine Stute, wurde von den Tierarzthelferinnen liebevoll auf eine Liege gebettet, damit das Fohlen direkt in die Röntgenabteilung gefahren werden konnten. Ellen beugte sich ein letztes Mal zu dem Pferd und gab der Stute einen Kuss auf die Stirn. „Du schaffst das, mein

Mädchen, sei stark! Bitte! Morgen komme ich wieder, dann geht es dir schon viel besser, ganz bestimmt, versprochen!" Als Ellen den Schlüssel in ihrer Wohnungstür umdrehte, wurde die Tür von innen geöffnet und Ellen von Maik direkt in Empfang genommen. Ihr Freund hatte sie bereits im Vorraum gehört und er zog sich den Morgenmantel über. „Warum hat das denn so lange gedauert? So lange dauern eure Einsätze doch sonst nicht! Du warst beinahe die ganze Nacht fort, Ellen!", schimpfte Maik vorwurfsvoll. „Ja", es war ein besonderer Einsatz, Maik!" Ellen ließ die Wohnungstür ins Schloss fallen und zog sich ihre Jacke aus. Die Nacht hatte sie genug Kraft und Nerven gekostet. Eigentlich hatte Ellen gehofft, dass Maik sie in den Arm nehmen und fragen würde, was genau passiert war. Das hatte er ganz zu Anfang ihrer Beziehung getan. Seitdem waren 2 Jahre vergangen und die Lieblosigkeit drängte sich zwischen die beiden immer mehr in den Vordergrund. Nein, Maik fragte nicht weiter, er nahm sich aus dem Kühlschrank ein Bier und ging wortlos zurück ins Schlafzimmer. Während Ellen sich nach Liebe, Wärme und Geborgenheit sehnte, suchte Maik die Ruhe. Die Ruhe vor der möglichen Konversation mit Ellen. Seit Wochen stellte sich Ellen die Frage, ob ihre Beziehung überhaupt noch Sinn machte. „Nebelmond", das Fohlen, schlief sehr unruhig in der Nacht während ihres Klinikaufenthalts. Die Ärzte spritzten ihr ein Beruhigungsmittel und gipsten ihr kleines, gebrochenes Beinchen ein. Das Röntgenbild zeigte eine Trümmerfraktur. Aber die Ärzte schienen zuversichtlich. Nebelmond war jung und mit ein wenig Glück, würden die Bruchstellen gut verwachsen. Nebelmond sah in ihren Träumen ihrer Mutter. Beide Pferde begegneten sich in einem herrlichen Wald im Morgennebel. Nebelmond wieherte freudig, als sie ihre Mutter zwischen den Bäumen auf einem Hügel erkannte. Ihre Mutter, die den Namen „Bleeding Love" trug, war von besonderer Schönheit. Schlank wie ein Reh, zart wie eine Elfe und anmutig wie ein Diamant. „Bleeding Love" war schnell wie der Wind, wenn sie galoppierte. Nein, sie war schneller noch.

Viel schneller sogar. Nebelmonds Mutter war ein Rennpferd. Ein englisches Vollblut. „Bleeding Loves" Vater, Nebelmonds Opa, war der weltberühmte Novellist. Ein Sohn des legendären „Monsun". Nebelmond war Bleeding Loves erste Tochter und entstammte dem legendären Hengst „Eden Rock", einem Sohn des weltberühmten Hengstes „Dashing Blade". Nebelmond war ein hochkarätiges Rennpferd mit allerfeinster Abstammung. Hinsichtlich der Blutführung sämtlicher ihrer Vorfahren, übertraf sie alles, was Rang und Namen in der Rennsportszene hatte. In ihren Adern floss das Blut weltbester Rennpferde. Das Vermögen der jungen Stute wurde zum Zeitpunkt kurz vor ihrer Geburt auf sagenhafte 50.000 Euro geschätzt. Von den Ärzten in der Klinik, die Nebelmond behandelten, wusste davon niemand etwas. Und auch Ellen konnte natürlich nicht ahnen, um welch ein wertvolles Tier es sich bei ihrem geretteten Fohlen handelte. Nebelmond war eines Tages von der Koppel, auf der sie mit ihrer Mutter friedlich graste, gestohlen worden. Von zwei Idioten, die nicht annähernd eine Ahnung hatten, welch ein kostbares Tier sie entwendeten. Für 500 Mark verkauften sie das Fohlen an den Schlachter. Auf die Ladefläche eines Lieferwagens hievten sie das hilflose Tier und fuhren einfach davon. Die Besitzer und Eigentümer der Stute „Bleeding Love" und ihrem Fohlen, das statt Nebelmond, eigentlich „Blue Native Dream" hieß, waren über das plötzliche Verschwinden des Fohlens natürlich zutiefst schockiert und entsetzt. Welch ein Verlust in der Rennszene das Verschwinden des Fohlens bedeutete, unfassbar! Zeitungsaufrufe, Internetsuchanzeigen und TV Aufrufe wurden gestartet. Vergebens. Die Polizei versprach den Besitzern keine allzu großen Hoffnungen mehr auf ein Wiederauffinden des Fohlens. Wenn Pferde verschwanden, dann gingen sie meist alle den direkten Weg zum Schlachter, so lauteten die Auskünfte der Behörden. Die Besitzer von Bleeding Love begruben den Glauben an ein Auffinden ihres Fohlens. „Bleeding Love" rief Tage- und nächtelang nach ihrer kleinen Tochter. Ihr Wiehern klang verzweifelt und traurig. Sie weinte um den Verlust. Während sie des Nachts von ihrem kleinen Fohlen träumte, träumte Nebelmond von ihrer Mutter. Viel zu früh wurden die beiden getrennt. Nebelmond hätte noch gut 8 Wochen Zeit gehabt, bis sie abgesetzt werden sollte. „Wir haben das Bein gegipst! In zwei Wochen machen wir eine weitere Kontrolluntersuchung! Sie können Ihr Fohlen mit nachhause nehmen, Ellen! Ansonsten ist die kleine Stute, bis auf dass sie wahrscheinlich traumatisiert ist, gesund!", meinte Dr. Schweiger am Telefon, als Ellen sich gleich am nächsten Tag nach dem Fohlen erkundigte. Ellen atmete erleichtert tief durch. Das waren gute Neuigkeiten. Jetzt musste sie nur noch einen Stallplatz besorgen und dann konnte sie ihre kleine Freundin abholen. Ellens Freude stand mit Tränen in ihrem Gesicht geschrieben. „Warum heulst du jetzt?", keifte Maik barsch, als er sah, wie Ellen sich die Tränen aus dem Gesicht wischte. „Weil ich glücklich bin!", entgegnete Ellen und verließ die Wohnung. Sie ließ Maik wortlos stehen. Ellen nahm sich einige Tage frei. Dienstfrei. Sie musste die Geschehnisse, oder vielmehr die beklemmenden Eindrücke erst einmal verkraften und natürlich wollte sie sich auch um das Wohlergehen von Nebelmond kümmern. Auf ihrer Dienststelle zeigte man Verständnis für Ellen. Es kam nicht allzu oft vor, dass es Einsätze wie diese gab, auf dem Ellen ihren Dienst leisten musste. Ein verunglückter Tiertransporter in der Größenordnung war eher die Ausnahme. „Steve", ich kann Nebelmond abholen, es geht ihr soweit gut, das Bein haben die Ärzte gegipst und ansonsten ist sie wohl okay. Kannst du einen Transporter oder ein Auto organisieren, damit wir sie zum Stall fahren können?" „Na klar", ich würde vorschlagen, wir treffen uns um 15 Uhr vor der Klinik, in Ordnung?" Ellen dachte nach. Über Steve. Er war ein so lieber Kerl. Ganz anders als Maik. Gutmütig und hilfsbereit. Ob sie Maik nicht einfach rausschmeißen sollte aus der gemeinsamen Wohnung? Sie war doch schon so lange nicht mehr glücklich mit diesem Menschen. Manchmal widerte sie bereits sein Anblick an. Wie sich ein Mensch in der kurzen Zeit so sehr verändern konnte, war Ellen unbegreiflich. Aus ihrer anfänglich großen Liebe war ein egoistischer Besserwisser und Dauernörgler geworden. Ein liebloses „Etwas". Wo war sie geblieben, die Liebe zwischen ihnen? Nette, herzliche Worte, Umarmungen, Zärtlichkeit. Alles war fort! Wie nie dagewesen! Traurig. Ein Stall wurde schnell organisiert für Nebelmond. Ein Bauer in der Nähe, der sich auf Pensionspferdehaltung spezialisiert hatte, erklärte sich gern bereit, Nebelmond aufzunehmen. Ein freundlicher alter Mann, rau aber herzlich. Bauer „Heinrich". Mit Pferdeverstand und Ahnung, sowie dem Herz am rechten Fleck. Das spürte Ellen schnell. „Bringen Sie Ihr Fohlen, Madame! Ich habe im Radio von der Rettungsaktion gehört! Meinen Respekt! Sie haben Großartiges geleistet! Ein Pferd mitzunehmen in einer derartigen Situation und ihm das Leben zu schenken, hat Anerkennung und Achtung verdient! Sie hätten es auch einfach erschießen können, wie die anderen Tiere!" Niemand konnte eine Prognose abgeben, wie sich die Verletzung des Fohlens entwickelte und wie gut sie heilen würde. Zu welchen Komplikationen es kommen könnte. Die Ärzte sprachen von einer eventuellen, dauernden Unbrauchbarkeit des Pferdes. Aber auch von der Möglichkeit, dass sich alles in den Jahren verwachsen würde. Man musste abwarten und die Zeit würde zeigen, wie es weiterging. Es stand in den Sternen, und ein kleiner Teil lag an Nebelmond und ihrem Willen, zu gesunden. Ellen war das völlig egal, ob sie ein unbrauchbares Pferd ihre Freundin nannte. Sie hatte das kleine Fohlen bereits ganz tief in ihr Herz geschlossen. Ellen würde alles dafür tun, damit es Nebelmond an nichts fehlte. Die ersten Tage schlief Ellen mit dem Fohlen zusammen in der Box. Das Fohlen musste zunächst lernen, dass es mit dem Gips laufen konnte. Das Aufstehen und Hinlegen klappte von alleine nur schlecht. Ellen gab Unterstützung im Laufen, beim Aufstehen und Niederlegen. Nach wenigen Tagen verstand Nebelmond, dass sie trotz des Gipses freibeweglich war. Von Tag zu Tag klappte es besser. Der alte Pferdezüchter warf einen Blick in die Box des Fohlens, während Ellen an der Wand kauerte, in einem Buch las und Nebelmonds Kopf bereits vertraut über Ellens Beinen lag. Tief und fest schlief die kleine Stute. „Das ist ein sehr edles Fohlen, Ellen! Weißt du etwas über seine Herkunft?" „Nein, leider gar nichts!", entgegnete Ellen. Sie streichelte Nebelmond liebevoll über den seidigen Hals. „Man sieht der Stute an, dass sie ein Vollblut ist, Ellen! Schau einmal, wie schlank ihre Gliedmaßen sind und wie anmutig der Blick! Die klaren Augen, klein aber dunkel, trocken und ausdrucksstark, das ist der Blick eines Rennpferdes. Da habe ich genau ein Auge für, glaube mal! In meinem Leben sah ich unzählige Rennpferde. Und Menschen, die ihr gesamtes Hab und Gut wegen ihnen verloren haben, weil sie alles Geld, das sie besaßen, auf die Pferde wetteten!" Der alte Bauer lachte. „Die besten Rennpferde der Welt, ich habe sie alle gesehen, Ellen! Danedream, Tertullian, Monsun, Lomitas! Sie alle sah ich auf der Bahn laufen! Manchmal wettete auch ich auf sie, zum Leidwesen meiner Frau, Maria. Aber weißt du, es ist eine Sucht. Einmal damit infiziert, mit dem Rennvirus, und du kommst nie wieder von ihm los! Hast du mal eine Rennbahn besucht, Ellen?" Ellen schüttelte den Kopf. „Nein!" „Vielleicht gehen wir mal beide zusammen hin!" Der Bauer zwinkerte ihr zu und schnalzte leise mit seiner Zunge. Ellen besorgte sich Fachmagazine über das Rennreiten und Rennpferde. Die Worte des Stallbetreibers stimmten sie nachdenklich und sie wollte fachwissentlich auf dem Gebiet des Rennreitens einsteigen und informiert sein. Ein langersehnter Kindheitstraum. Jockey! Aber was machte das eigentlich aus, ob es sich bei Nebelmond nun um ein Renn- oder Wald und Wiesenpferd handelte? Für Ellen spielte das eigentlich keine Rolle. Wie konnte sie genauere Informationen über die Herkunft ihres Fohlens erfahren? War das möglich? Sollte sie einen Aufruf starten? Mit Fotos von Nebelmond, vielleicht erkannte jemand das Pferd? Irgendwoher musste die kleine Stute schließlich kommen und das hätte Ellen schon interessiert. Als Ellen ihren Dienst wieder antrat, fand Maik die Bücher und Zeitschriften über den Pferderennsport und er wurde stutzig. Hatte Ellen ihm nicht erzählt, dass ein Fohlen aus dem verunglückten Schlachttransport gerettet wurde? Ereignete sich dieser Vorfall nicht etwa zeitgleich mit dem Verschwinden des berühmten Fohlens „Blue Native Dream"? Maik verfolgte im Gegensatz zu Ellen sämtliche Nachrichtenmöglichkeiten sehr aufmerksam. In diesen Medien fühlte er sich wohl. Ellen hatte für so etwas kaum Zeit. Sie war zu sehr beschäftigt mit ihrer Arbeit. Fernsehen, Internet, oder auch das Radio übten auf Ellen kaum eine Faszination aus. Für sie waren es schlichtweg Fremdkörper in ihrem Leben. Zwischen Ellen und Nebelmond entstand eine innige Freundschaft. Nebelmond respektierte in Ellen eindeutig ihre Ersatzmutter und sie folgte der jungen Frau auf Schritt und Tritt. Während das Fohlen anderen Menschen und Pferden gegenüber sehr scheu und zurückhaltend war, schenkte das Tier Ellen sein Herz. Seiner Lebensretterin. Nebelmond wieherte freudig, sobald sie Ellens Schritte im Stall hörte. Ellen brachte immer eine Überraschung für die kleine Stute mit. Einmal waren es frische Möhren vom Gemüsehändler um die Ecke, dann frische Äpfel von ihrer Nachbarin aus deren Garten. Dieses Jahr trug der Baum herrliche Früchte. Frisch und saftig. Die alte Dame hatte Ellen die Äpfel voller Stolz überreicht. „Für ihr Sorgenkind!", sagte sie und Ellens Freude war riesig. Die regelmäßigen Untersuchungen, die in der Pferdeklinik durchgeführt wurden, waren in ihren Prognosen hoffnungsvoll. Die Trümmerfraktur des Beines verheilte gut und in zwei Wochen würde man dem Fohlen den Gips schließlich entfernen. Dann durfte das Fohlen auch erstmals wieder Bewegung haben und Ellen konnte endlich mit der kleinen Stute spazieren gehen. Maik wurde es zusehends ein Dorn im Auge, dass Ellen in ihrer Freizeit mehr Zeit im Stall bei ihrem Fohlen verbrachte, als sich mit ihm zu beschäftigen. Eifersucht vergiftete seine Seele, ungehalten und ungerecht wurde er gegenüber Ellen. Er beschimpfte sie immer mehr und seine Unzufriedenheit trug zum „Schiefhängen des

Haussegens" bei, der ja sowieso mehr schief, als gerade war. „Was hältst du davon, wenn du zur Abwechslung mal wieder was kochen würdest, als deine freie Zeit bei diesem nutzlosen Gaul abzuhängen?" Er sagte dies scharf und zischend „Du kannst dir ja durchwegs auch mal selber was kochen, Maik?", entgegnete Ellen genervt. „Wenn das so weitergeht Ellen, dann werde ich mich von dir trennen!" „Ja, dann ist das wohl so, Maik!" Ellen ließ sich von Maik nicht mehr beeindrucken. Dass Maik sich in seiner Ehre verletzt und gekränkt fühlte, konnte Ellen nicht nachvollziehen. Ebenfalls nicht, dass er eifersüchtig auf ein kleines, krankes Fohlen war. Wie sehr hätte Ellen sich gefreut, wenn Maik sie einmal zum Stall begleiten und das wundervolle Fell von Nebelmond streicheln würde! Dann hätte auch er einmal sehen können, wie sanftmütig und liebevoll dieses kleine Lebewesen war. Aber Maik interessierte sich nicht für Ellens Wünsche, Sorgen und ihr kleines Fohlen. Ihn interessierten Geld, Macht und Erfolg. Danach strebte er. Gefühle spielten bei ihm anscheinend nur eine Nebenrolle. Wenn überhaupt. Ellen war glücklich, wenn sie ihre kostbare Freizeit im Stall verbringen konnte und Maik zuhause nicht ertragen musste. „Irgendwann solltest du dich aber vielleicht von ihm trennen, Ellen!" Steve, der ab und zu mal nach dem Rechten sah, bei Nebelmond und Ellen, spürte Ellens zunehmende Traurigkeit über ihre unglückliche Beziehung. „Ja", ich muss einen Strich ziehen, Steve! Unbedingt! Es ist aber gar nicht so einfach!" „Was ist daran nicht einfach?" Steve konnte Ellens Zweifel nicht nachvollziehen. „Naja, eigentlich habe ich Maik ja gern! Irgendwie…..! Immerhin war es mal Liebe zwischen uns! Ach, es ist so schwer, so kompliziert…!" Steve schüttelte verständnislos den Kopf. Nebelmond war seit mehreren Wochen bereits ohne Gips unterwegs und durfte sich endlich wieder frei bewegen. Ellen hatte sie auf die Koppel gelassen. Die Sonne schien, blauer Himmel, bestes Wetter im Spätsommer! Die anderen Pferde kamen neugierig zum Zaun getrabt, um das kleine Fohlen zu begrüßen. Nebelmond schnupperte vorsichtig durch die Bretter hindurch an den fremden Nasen und wieherte aufgeregt. Dann wandte sie sich zu Ellen, die am Zaun stand und trabte zu ihr. Ihren Kopf rieb sie an Ellens Händen. Für Nebelmond spielte Ellen eindeutig eine wichtigere Rolle, als andere Pferde. „Die wirst du nie wieder los, die kleine Stute, Ellen!", lachte der Bauer, der den ersten aufregenden Tag im Leben des kleinen Fohlens natürlich mit verfolgen wollte. Endlich durfte sich das hübsche Fohlen wieder so bewegen, wie es seiner Natur entsprach. Welch ein aufregender Moment. Aber Nebelmond wollte gar nicht galoppieren oder mit den anderen Pferden zusammen grasen. Sie dachte gar nicht daran. Die kleine Stute wollte viel lieber mit Ellen kuscheln und sich von ihr verwöhnen lassen. Ellen streichelte ihrer Stute liebevoll über die Nase. Vernarrt sagte sie: „Sie ist so wundervoll!" Der Bauer nickte. „Oh ja, ein ganz besonderes Pferd! Das habe ich dir gleich gesagt Ellen! Die kleine Stute ist etwas ganz Feines! Und sie liebt dich!" „Ob ich sie wohl eines Tages reiten kann, wenn sie erwachsen ist, Heinrich?" „Ihr werdet durch den Wald fliegen, schneller als der Westwind", das verspreche ich dir!" Der Bauer pfiff durch seine Zähne und zwinkerte Ellen zu. Sie lachte. Der Alte hatte Humor. Ellen mochte diesen Kauz und auch seine Fröhlichkeit. Die kleine Stute und ein alter Mann mit Lebenserfahrung, und einem großartigen Wissen über Pferde, gaben ihr mehr Halt und Gefühl in ihrem Leben, als ihr eigener Freund. Eigentlich müsste Maik für sie da sein, sie unterstützen, sich mit ihr freuen, dieses vollkommene Glück mit ihr teilen! Aber sie war allein. „Nebelmond läuft bereits sehr gut Ellen!" Steve staunte nicht schlecht, als er Ellen und die kleine Stute das nächste Mal besuchte. Er hatte das Pferd niemals zuvor in der Bewegung gesehen, nachdem der Gips abgenommen war. „Man sieht ihr nicht an, dass sie ein gebrochenes Bein hatte!" „Ja", der Arzt aus der Klinik ist auch sehr zufrieden mit uns!", strahlte Ellen über das ganze Gesicht. Steve nahm Ellen in den Arm. Freundschaftlich drückte er sie eng an sich. „Es freut mich so für dich, Ellen!" „Danke,

Steve!", flüsterte Ellen selig. Von dem drohenden Unheil, das sich bereits zusammenbraute, ahnte sich nichts. „Ja, ich glaube, ich weiß wo Ihr Fohlen geblieben sein könnte! Wie? Nein, ich mache keine Witze! Wie hoch ist denn die Belohnung angesetzt, die zur Wiederbeschaffung des Fohlens führt? 5000 Euro? Aha, ja! Ja, ich melde mich wieder bei Ihnen!" Maik fuhr sich nervös durch die Haare. Er musste nun doch einmal zum Stall fahren und sich Ellens Fohlen genauer ansehen. Er wollte sichergehen, dass es sich tatsächlich um das vermisste Fohlen aus den Medien handelte. Um das Fohlen aus dem Rennstall, das seit mehreren Wochen vermisst wurde. „Ellen, ich möchte mir gerne einmal deinen Liebling ansehen!" Ellen war erstaunt, als sie Maiks freundliche Worte vernahm. Bisher hatte er sich nicht einmal annähernd dafür interessiert, was Ellen am Herzen lag und was ihr wirklich wichtig war. Sollte Maik sich tatsächlich ändern und ihre Beziehung eine positive Wendung nehmen? Ellen wünschte es sich von Herzen. „Die Hoffnung stirbt bekanntlich zum Schluss", beruhigte sie sich. „Das würdest du wirklich tun, mich einmal zum Stall begleiten?", juchte Ellen voller Freude. Ihr Herz machte einen wahrhaftigen Freudensprung. „Ja, wenn ich es doch sage!", triumphierte Maik und Ellen merkte nicht, wie falsch und aufgesetzt das Lachen ihres Freundes war. Ellen glaubte, dass die Liebe zu ihrem Freund eine neue Chance bekommen würde. Maik jedoch, er steckte voller Hass und Intrigen, Ellen das zu nehmen, was ihr am meisten am Herzen lag. Es bedeutete für ihn Genugtuung. Nämlich, ihr das geliebte Pferd zu entreißen. Aus seiner krankhaften Eifersucht heraus. Sein elendiges Selbstmitleid stank zum Himmel. Nur Ellen nahm es nicht wahr. Nebelmond galoppierte freudig zum Zaun der Koppel, als Ellen sie rief. Maik staunte nicht schlecht. Seine Freundin und ihr Pferd schienen in der Tat eine sehr innige und liebevolle Beziehung miteinander zu führen. Das war also dieses Tier, das Ellens ganze Liebe und Fürsorge bekam. Das Tier, für das Ellen ihre Freizeit opferte und Maik zurückstecken musste. Sein Hass schnürte ihm die Kehle zu, aber er verdrängte vorübergehend dieses Gefühl und versuchte, Ellen gegenüber ein freundliches Gesicht aufzusetzen. Bald würde die Angelegenheit, dass sich Ellen um ein Pferd kümmern musste, sein Ende finden. „Soll ich mal ein Foto von Euch machen? Ihr beide seid ja wirklich zuckersüß zusammen!" „Das würdest du tun?", fragte Ellen erstaunt. Maiks Sinneswandlung war ihr direkt unheimlich. „Ja, na klar!" Ellen stellte sich freudig und lachend neben Nebelmond und legte ihren Arm um den Hals den Pferdes. Für den Moment überlegte Maik, dass es genau dieses Lachen gewesen war, in das er sich vor ein paar Jahren verliebt hatte. In ihm aufkeimende Liebesgefühle verdrängte er. Dieses Fohlen, dem Ellens Herz gehörte, das musste er loswerden, schnellst möglichst, sonst hatte seine Liebe keine Chance mehr. Maik hatte schnell ein paar Bilder im „Kasten". Diese würde er gleich an die vermeintlichen Besitzer des Pferdes weiterreichen, die schmerzlich ihr Eigentum vermissten. Vielleicht handelte es sich bei Nebelmond tatsächlich um das verschollene, ach so wertvolle Fohlen! Von der Aktion versprach sich Maik mehrere Vorteile. Einerseits würde das Fohlen endlich seiner Mutter wieder zugeführt werden. Ellen bliebe dann mehr Zeit, sich um ihn zu kümmern, anstatt ein krankes Pferd zu pflegen. Anderseits hätte Maik 5000 Euro mehr im Portemonnaie. Die Besitzer des vermissten Pferdes wären garantiert froh, ihr Eigentum wiederzubekommen. Maik sah bereits den Zeitungsartikel vor Augen. „Ahnungsloser Bürger entdeckt zufällig wertvolles, verlorenes Fohlen!" Er rieb sich freudig die Hände. Erstaunt war er über seine grandiosen Ideen und gewinnbringenden Gedanken. Leicht verdientes Geld. Seine Widerwärtigkeit und Hinterlist empfand er nicht als solche. Seinen schmutzigen Charakter, der im Laufe der letzten Monate bei ihm eingezogen war, ebenfalls nicht. Die Besitzer des Fohlen identifizierten Nebelmond, anhand der Fotos von Maik, tatsächlich als „Blue Native Dream". Ein junger Mann, etwa in Maiks Alter, nahm schließlich Kontakt zu dem „Finder" auf. Maik und er vereinbarten einen Termin, an dem das Fohlen angesehen werden sollte. Natürlich wurde Elle nicht in die hinterhältige Aktion ihres Freundes eingeweiht. Wozu auch? Maik war sicher, dass Ellen mit allen Mitteln versuchen würde, seine ihm grandios erscheinende Idee, kaputtzumachen. Er hatte mit dem Besitzer des Pferdes bereits ausgemacht, dass man ihn aus der Sache raushalten sollte. Eine Art zufällige Entdeckung musste es sein! An einem Tag, als Ellen Dienst hatte, sollte die Besichtigung des Fohlens stattfinden. Maik wollte sichergehen, dass Ellen nicht anwesend war und ihm somit keinen Strich durch die Rechnung machen konnte. An dem Tag hatte der Bauer vom Hof den Eindruck, etwas würde mit Nebelmond nicht stimmen. Die Stute war sehr aufgeregt. Den ganzen Tag bereits galoppierte das Tier unruhig auf der Weide umher. Lief entlang dem Zaun und wieherte aufgebracht. Bauer Heinrich hielt es für sinnvoll, Ellen zu benachrichtigen. Er hatte versprochen, sobald er glaubte, etwas sei mit dem Pferd nicht in Ordnung, Ellen sofort zu benachrichtigen. Er rief Ellen auf der Dienststelle an und Ellen versicherte, sofort zu kommen, um nach ihrer Stute zu sehen. Zeitgleich traf sich Maik mit Herrn Rosenthal, dem vermeintlichen Besitzer von Nebelmond weit außerhalb des Gehöfts. Nachdem die beiden Herren ein ausgiebiges Gespräch über ihre Vorgehensweise geführt hatten, wurde vereinbart, dass Herr Rosenthal zum Stall fuhr, in dem das Fohlen untergebracht war. Als Rechtweisung seines Besuches konnte er immerhin angeben, dass er Hinweisen auf den Verbleib seines Eigentums nachging. Im Grunde genommen entsprach es den Tatsachen und war nichts Ungewöhnliches. Eigentlich war es sein gutes Recht. Herr Rosenthal versicherte Maik, seinen Namen mit keinem Wort zu erwähnen. Als Herr Rosenthal schließlich bei den Stallungen eintraf, stand er zunächst vor Bauer Heinrich. und der ließ so schnell niemanden an sich vorbei. Fremde Menschen duldete er generell nicht auf seinem Hof. Und wenn er nicht zuhause war, sorgte sein Hund „Leopold", ein Dobermann, für Ordnung rund um das Gelände. „Mit wem habe ich die Ehre, junger Mann?" Bauer Heinrichs Stimme klang wachsam und auch etwas unwirsch. „Rosenthal!" Der junge Mann, der recht freundlich schien, reichte dem mürrischen Alten die Hand zum Gruße. Der Bauer nahm sie und drückte sie ziemlich fest. Sein Druck sollte gleich signalisieren, dass es sich bei ihm um einen ehrlichen und ehrwürdigen Menschen handelte, der seinen Mitmenschen ebenfalls Aufrichtigkeit abverlangte. „Ich habe Hinweise erhalten, dass sich womöglich mein Fohlen bei Ihnen aufhalten könnte, Herr Hartmann!" Bauer Heinrich überlegte kurz. Es klingelte fix in seiner alten Rübe und er schob sich nachdenklich seinen Hut, den er immer trug, damit die Sonne ihm nicht die Glatze verbrannte, in den Nacken. „Rosenthal? Der Rosenthal, der Rennstallbesitzer?", brummte er. Herr Rosenthal nickte freundlich. „Ja genau! Genau der!" „Sie haben den Deckhengst „Impressive Dream" in Ihren Stallungen stehen, nicht wahr?" Herr Rosenthal blickte erstaunt. „Ja, woher wissen Sie, Herr Hartmann?" „Tja, Ihren Vater, den Franz Rosenthal, den kannte ich gut, nu isser ja leider verstorben, Gott hab ihn selig! Ich bin bei ihm mit meinen Stuten zum Decken gewesen! Is schon lang her, eine Ewigkeit." Herr Rosenthal Junior lachte. „Ach, das ist ja ein Ding, ja die Welt ist klein und ein Dorf!" Die Situation zwischen dem jungen Mann und dem alten Bauern wurde etwas herzlicher, war sie doch zuvor eher kühl und ablehnend gewesen. Beide wussten jedoch nicht, welchen Ausgang ihr Aufeinandertreffen nehmen würde. Es war eine heikle, unangenehme Situation! „Ja, hier auf meinem Gelände steht in der Tat ein Fohlen, Herr Rosenthal! Das gehört einer jungen Frau. Na, die ist vielleicht in ihrem Alter! Sie ist Rettungssanitäterin, angehende Unfallärztin. Sie hat an der Unfallstelle, an der ein LKW vor wenigen Wochen verunglückt war, erste Hilfe geleistet und einem Fohlen das Leben gerettet! Das Fohlen war in einem miserablen Zustand und hatte sich ein Bein gebrochen. Sie pflegt es gesund! Tagelang hat sie hier im Stall bei mir geschlafen und über das

Tier mit Argusaugen gewacht. Die beiden sind ein Herz und eine Seele!" Herr Rosenthal lauschte den Ausführungen des alten Mannes aufmerksam. „Ich habe sie angerufen, sie wird gleich hier sein, mit dem Fohlen stimmt heute etwas nicht, es ist die ganze Zeit schon so aufgeregt und nervös." „Darf ich es mal ansehen?", fragte Herr Rosenthal freundlich. „Jo, kommen Sie mal mit! Na mit Ihren feinen Schühchen werden Sie sich aber ganz gut dreckig machen auf der Koppel da draussen, junger Mann!" Herr Rosenthal lachte über die Bedenken des Bauern. „Die kann man auch wieder saubermachen, kein Problem!" Als Ralf Rosenthal das Fohlen auf der Weide sah, stockte ihm kurz der Atem. Welch ein prachtvolles Tier war aus dem kleinen Fohlen geworden! Das Fohlen war nun ein halbes Jahr alt. Ja, es handelte sich tatsächlich um sein Pferd „Blue Native Dream". Wirklich, es handelte sich eindeutig um das Fohlen, das man ihm vor einigen Wochen auf der Koppel in der Nacht und Nebelaktion gestohlen hatte. Das Fohlen, das er ins Ausland verkaufen wollte, für viele tausende von Euros. Das Fohlen, auf dem alle Hoffnungen lagen im Rennsport. „Sie sagten, das Fohlen hatte ein Bein gebrochen?" „Ja, na der Gips wurde erst vor kurzem abgenommen, junger Mann!" Bauer Heinrich musterte Herrn Rosenthal von oben bis unten. Er hoffte inständig, dass es sich bei Nebelmond nicht um das vermisste Fohlen handelte. Ellen würde es das Herz brechen, ihr geliebtes Tier hergeben zu müssen. In dem Augenblick, als der alte Mann an die junge hübsche Frau mit dem Herz am rechten Fleck dachte, fuhr Ellen aufgebracht am Hof vor. Immerhin hatte sie den Anruf von Heinrich erhalten, dass etwas mit ihrem geliebten Pferd nicht stimmen würde. Flüchtig nur begrüßte sie die beiden Herren. „Was ist mit ihr, Heinrich?", fragte sie besorgt. Ellen pfiff einmal kurz und die Stute hob wiehernd den Kopf. Nebelmond trabte wie immer freudig zu Ellen, um diese ausgiebig zu begrüßen. Heute jedoch galoppierte sie erhabener und anmutiger als sonst. Das Pferd entfaltete seine volle Kraft und zeigte seine edle Schönheit. Ihren Schweif trug Nebelmond hoch und ganz aufgeregt war sie, die zierliche Stute. Sie prustete wie ein Wal, der kurz aus dem Meer tauchte, um Luft durch sein „Blasloch" zu drücken. Nebelmond ließ sich von Ellen über ihren Kopf streicheln und rieb ihre Nase vertrauensvoll an Ellens Schulter. Welch eine Begrüßung zwischen Mensch und Tier. Ralf Rosenthal war zutiefst berührt! Solch ein inniger Moment zwischen Mensch und Tier! Dass die Beziehung der jungen Frau zu diesem Fohlen eine besondere war, dafür brauchte man keine Ahnung von Pferden zu haben, um das wahrzunehmen. „Heinrich", schau mal, da sind zwei Pferde von deiner Weide ausgebrochen und laufen beim Nachbarn herum!" Ellen hielt sich die Hand an ihre Stirn, um von der Sonne nicht geblendet zu werden. „Deshalb ist Nebelmond vielleicht so aufgeregt, sie wollte dir das zeigen!" Ellen lachte und gab ihrer Stute einen liebevollen Kuss auf die Stirn. „Du passt eben auf, dass hier niemand verlorengeht, nicht wahr?" Ralf Rosenthal räusperte sich und hielt Ellen die Hand hin. „Rosenthal!", sagte er. „Ellen!" lachte Ellen freundlich. Ihre fröhliche, ehrliche Art, wirkte immer ansteckend auf ihre Mitmenschen, das war seit jeher so. Ralf Rosenthal spürte so etwas wie einen kleinen Herzhopser in seiner Brust, als er Ellens Hand nahm. Die junge Frau hatte ein wunderschönes, hübsches Gesicht, stellte er fest. Blaue Augen, blonde Haare, sie strahlte eine Natürlichkeit aus, die er von Frauen nur selten kannte. In seinem Leben sah er oft Frauen in Stöckelschuhen, mit großen Hüten auf ihren Köpfen, übermäßig viel Schminke im Gesicht. Oh ja, an den Pferderennbahnen, dort sah er viele von ihnen. Ellen fiel da total aus dem Rahmen, sie entsprach so überhaupt nicht diesem Klischee. Sie trug lässig Blue-Jeans, ein T-Shirt und Sneakers. Eine Frau zum Pferdestehlen. Diese Frau war ihm gleich sympathisch. „Sie haben ein wunderschönes Pferd", sagte er anerkennend und seine Worte waren ehrlich. „Danke", antwortete Ellen. Sie war sich noch nicht sicher, mit wem sie es eigentlich zu tun hatte. „Kennen wir uns?", fragte sie vorsichtig. Ihr Bauchgefühl signalisierte ihr, dass der fremde Mann vielleicht etwas mit Nebelmond zu tun haben könnte. Intuition eben. Auf diesen ihren Instinkt konnte sie sich immer verlassen. Immer! „Nein, wir kennen uns nicht! Aber vielleicht können wir das ändern und uns einmal kennenlernen!" „Oh, Sie sind aber direkt!" Ellen strich sich nervös die Haare zurück. „Entschuldigen Sie bitte, ja ich bin manchmal sehr geradlinig, es liegt in meiner Natur, ich bitte vielmals um Entschuldigung!" Ralf Rosenthal nahm Ellens Hand und gab ihr auf den Handrücken einen Kuss. Ellen war verblüfft. Was für ein Kavalier stand denn da plötzlich vor ihr? Nanu, das waren ja ganz neue Töne und Verhaltensweisen eines Mannes, die ihr längst fremd waren. Ihr wurde etwas warm ums Herz. Und auch ihres machte einen kleinen Hüpfer. Bauer Heinrich spürte, seine Anwesenheit war überflüssig und er schlich leise davon. Er wollte nicht stören. Der alte Mann war sich sicher, Ralf Rosenthal würde das Richtige tun. Das war „seine Intuition". Und die war bereits 75 Jahre alt. Eine sehr zuverlässige und erprobte also! Er hatte nicht den Eindruck, als würde dieser Rosenthal der Ellen das Pferd wegnehmen wollen. „Ich war zufällig in der Gegend und wollte mir die Pferde anschauen!, log Ralf Rosenthal. „Bauer Hartmann und mein Vater waren gute Freunde!" Diese ganze Situation wurde für ihn äußerst kompliziert! Ellen war so ein freundliches Wesen. Niemals hätte er es übers Herz gebracht, ihr zu sagen, dass es sich bei Nebelmond um sein Pferd und somit um sein Eigentum handelte. Die Stute stand noch immer ganz dicht bei Ellen und graste friedlich neben ihr, während diese unaufhörlich ihren Hals streichelte. Ellens Anwesenheit beruhigte das Pferd. Bauer Heinrich rief währenddessen seinen Stallburschen herbei, der die beiden anderen Stuten einfangen sollte, die auf das Nachbargrundstück ausgebüxt waren. Ein Loch im Zaun war für den Ausbruch der Tiere verantwortlich. Pferde sind Herdentiere. Wenn einige der Mitglieder der Herde fehlen, jammern und rufen die anderen Tiere solange, bis ihre Freunde wieder bei ihnen sind. Nebelmond vermisste in der Tat die anderen Tiere und jammerte nach ihnen. Aber als Ellen schließlich bei ihr war, hatte die sensible Stute die anderen Pferde längst wieder vergessen. „Bauer Heinrich ist ein sehr netter Mensch, er hat viel Ahnung von Pferden! Er hat mir gesagt, dass es sich bei Nebelmond um ein englisches Vollblut handelt!" Ralf Rosenthal nickte aufmerksam. „Jaja, das ist in der Tat ein Englisches Vollblut!" „Ach, Sie bestätigen das auch, ja?" Kennen Sie sich gut aus mit Pferden, Herr Rosenthal? Ellen war erstaunt. „Wir züchten Englische Vollblüter! 100 km von hier, betreibe ich einen privaten Rennstall! Vielleicht kommen Sie mich einmal besuchen?" Ralf Rosenthal hoffte sehr, dass er schon bald Besuch von der tollen und charmanten Frau bekommen würde. Ellen nickte begeistert. „Ja, das würde ich sehr gern tun!" Ralf Rosenthal zückte eine Visitenkarte und übergab sie Ellen. „Ich würde mich sehr über Ihren Besuch freuen! Sie kommen ganz bestimmt?" Ellen reichte ihm die Hand. „Versprochen!" Bauer Heinrich beobachtete aus der Entfernung alles ganz genau. Es machte ihm nicht den Anschein, als wollte Ralf Rosenthal das Fohlen gleich mitnehmen. Erleichtert atmete der alte Mann auf. Auch wenn es sich tatsächlich bei Nebelmond um das Fohlen, das seit mehreren Wochen gesucht wurde, handeln sollte, bedeutete das noch lange nicht, dass es auch das Beste für das Tier wäre, es seinem rechtmäßigen Besitzer wieder auszuhändigen. Das Fohlen fühlte sich wohl und die Freundschaft zwischen Ellen und Nebelmond war innig und tief. Es bestand keine Notwendigkeit, Nebelmond aus dieser Umgebung und aus Ellens liebvoller Betreuung zu entreißen. Scheinbar sah diesen Sachverhalt Herr Rosenthal ebenso…Wenige Stunden später rief Ralf Rosenthal bei Maik Schmitt an und teilte diesem mit, dass es sich bei Nebelmond nicht um das von ihm gesuchte Fohlen handelte. Diesen Umstand konnte Maik Schmitt wiederum überhaupt nicht nachvollziehen und bedauerte ihn sehr. „Wie jetzt, das ist nicht Ihr Pferd", fragte er ungläubig. „Nein, wenn ich es Ihnen doch sage, es ist nicht mein Pferd!" Verärgert war Ralf Rosenthal und er dachte bei sich, wenn dieser schmierige Kerl der Freund von der hübschen, sanften Ellen war, dann mal gute

Nacht. Als Ellen abends nach Hause kam, bemerkte sie die schlechte Laune ihres Freundes Maik sofort. „Was ist los, Maik?", fragte sie besorgt. „Ach nichts!", antwortete dieser genervt. „Warst du wieder bei deinem blöden Gaul?" „Hey, das ist kein blöder Gaul, das ist ein ganz wunderbares Geschöpf! Dankbar, liebevoll und aufrichtig. Du bist doch nicht etwa eifersüchtig auf Nebelmond, oder?" „Ach! Lass mich einfach in Ruhe!" Maik knallte die Tür hinter sich zu und verließ wortlos die Wohnung. In den nächsten Tagen ertappte sich Ellen dabei, dass sie hin und wieder an Ralf Rosenthal denken musste. Seine dunklen Augen hatten Eindruck bei ihr hinterlassen. Seine Visitenkarte steckte noch immer in ihrer Hosentasche. Würde sie sich trauen, ihn anzurufen? Wollte sie ihn tatsächlich einmal besuchen? Ja! Sie wollte! Und sie rief ihn an. Dieser freute sich riesig und beide verabredeten sich auf einen Kaffee bei Ralf. Zuhause auf seiner Ranch „Ponderosa", wie er seinen Rennstall liebevoll nannte. Ellen staunte nicht schlecht, als Ralf ihr voller Stolz seinen Hof zeigte. 50 Pferdeboxen, ausreichend Platz, sauber und hell. In denen standen vorwiegend seine eigenen Pferde, aber auch Pferde von reichen Herrschaften, die ihre Tiere wegen des Trainings auf der Anlage gleich untergestellt hatten. Einige Trainer bewohnten ebenfalls den Hof der Rosenthals. Rings um die Anlage des Gestüts zog sich eine eigene Rennbahn, auf der die Pferde trainiert wurden. Hinter dieser lagen die weiten Koppeln, auf denen sich Stuten mit ihren Fohlen tummelten. Welch eine herrliche, romantische „Ranch", dachte Ellen. „Ich habe von Rennpferden überhaupt keine Ahnung!", gestand Ellen, dabei lächelte sie Ralf anerkennend zu. So viel hatte er ihr gezeigt und doch schien er kein wenig eingebildet oder gar versnobt über seinen Reichtum zu sein. Ellen hatte sich ein wenig verliebt in die freundliche und lockere Art des Mannes. „Dabei hast du eines der besten Rennpferde bei dir daheim!" Ralf dachte laut und seine Worte waren eigentlich kaum hörbar, aber Ellen hatte einen Teil von ihnen vernommen. „Wie meinst du das?", fragte sie. „Ach, ich habe nur laut gedacht, komm wir gehen einen Kaffee trinken auf der Veranda, es ist so wundervolles Wetter heute, Ellen! Beinahe genauso wundervoll wie du!" Ellen wurde über das von Ralf gemachte Kompliment ganz rot im Gesicht. Auf dem Weg zur Veranda spazierten die beiden vorbei an der Stutenkoppel. Eine pechschwarze, wunderschöne Stute stand direkt am Zaun. Sie fiel Ellen sofort ins Auge. „Sie ist ja ganz phantastisch!", schwärmte Ellen und blieb begeistert stehen. Ellen war fasziniert von der Rappstute und streichelte über den Zaun hinweg den Hals des Pferdes, das leise schnaubte. „Das ist Bleeding Love!" Ralfs Stimme klang traurig. „Was ist mit ihr?", fragte Ellen neugierig. Sie bemerkte, dass etwas nicht in Ordnung war. „Sie hatte ein Fohlen, ein wunderschönes Stutfohlen, aus einer sehr wertvollen Blutlinie. Es wurde uns gestohlen!", sprach Ralf leise. „Was?" Ellen war entsetzt und Tränen schossen in ihre Augen. Das passierte immer, wenn sie von Ungerechtigkeiten im Leben erfuhr. Oft wurden dadurch ihr Augen ganz glänzend und Tränen kamen zum Vorschein. Eine lästige Angewohnheit und für eine angehende Rettungsärztin eigentlich ein Ding der Unmöglichkeit. „Entschuldigen Sie bitte!" Ellen wischte sich verlegen die Tränen aus dem Gesicht. „Wer macht denn so etwas Grauenvolles?" „Die Welt ist manchmal schlecht, leider! Aber kommen Sie, wir wollen uns den Tag nicht verderben lassen, er hat doch so gut begonnen!" Ralf umarmte Ellen liebevoll, indem er seine Hände sanft um ihre Taille legte. Beide schlenderten weiter zur Veranda. Nachdem Ellens Traurigkeit sich ein wenig gelegt hatte, sprach man über das Leben der Rennpferde, dem Alltag auf der Rennbahn und über belanglose Dinge wie das Wetter und die Liebe. Wobei die Liebe natürlich niemals belanglos war... „Ich lebe alleine! Mich möchte anscheinend keine Frau für immer haben!", sinnierte Ralf „Das glaube ich Ihnen aber nicht!", entgegnete Ellen. „Doch, mit mir hält es niemand lange aus!" Ralf nahm einen Schluck aus seiner Kaffeetasse und sagte im selben Atemzug: „Hätten Sie Lust Ellen, mich einmal auf die

Rennbahn zu begleiten, wenn wir ein Rennen haben? Ich würde Sie einladen und es wäre mir eine Ehre, wenn Sie mein Gast sein würden!" „Ich war im Leben noch nie auf einer Rennbahn! Ich weiß gar nicht, was ich dort anziehen und wie ich mich benehmen muss!" Ellen verschluckte sich beinahe an ihrem Kaffee. Aber ja, sie würde sehr gern mit Ralf Rosenthal ein Pferderennen besuchen. Ellen blickte Ralf tief in die Augen. „Ja Herr Rosenthal, es wäre mir ein Vergnügen!" Es war bereits spät am Abend, als Ellen sich von Ralf verabschiedete. Er drückte ihre Hand recht fest und gab ihr auf den Handrücken zum Abschied einen Kuss. Ellen schmolz dahin. Wie liebevoll dieser Mensch war! Dafür, dass beide Menschen einander völlig fremd waren, spürten sie eine sehr vertraute Nähe zueinander. So etwas wie Geborgenheit und ein wohliges Gefühl. Es war, als kannte man sich bereits seit mehreren Jahren. „Darf ich Sie vielleicht einmal anrufen, Ellen?" „Ja", darum bitte ich!" Ellen lächelte freudestrahlend und dann stieg sie in ihr Auto. Verträumt sah sie dem winkenden Mann aus dem Rückspiegel nach, als sie vom Hof der Rosenthals fuhr. Wie es schien, war Ellen tatsächlich ein wenig verliebt. In den nächsten Tagen ließen Ellen die Geschehnisse rund um die Bekanntschaft mit Ralf Rosenthal keine Ruhe. Es war ein spezielles Gefühl, das aus der Seele sprach. Irgendetwas stimmte sie an der Geschichte um diesen Mann nachdenklich. Die nächsten Tage zuhause wurden für Ellen sehr belastend. Nur noch Krach und Ärger mit Maik. Der Kummer nagte an ihrer Seele. Maik wurde immer unzufriedener und in seinem Verhalten Ellen gegenüber unfair und verletzend. „Ich möchte die Trennung, Maik!", sprach Ellen es dann schließlich aus. Sie war sicher, dass sie den Mann nicht mehr liebte, mit dem sie einige Jahre ihres Lebens verbracht hatte und dass es auch von seiner Seite aus keine Liebe mehr sein konnte. Wäre es Liebe, würde Maik sie niemals so widerlich behandeln. Es war an der Zeit, diese Verbindung zu beenden und diese Beziehung aufzugeben. „Das ist dann der Dank!" Maik schmiss jähzornig seine

Kaffeetasse an die Wand, als beide am Frühstückstisch saßen und Ellen ihm die Wahrheit ins Gesicht sagte, dass sie die Trennung wollte. „Dank wofür, Maik?" Ellen verstand Maiks Worte nicht. „Na, dass ich mir einige Jahre für dich den Arsch aufgerissen habe!" Ich habe gearbeitet und viel Geld verdient, damit wir mal eine Familie gründen können und ich ihr etwas bieten kann! Und du, du verbringst deine Freizeit im Reitstall und pflegst ein krankes Fohlen zu Tode!" Ellen erhob sich wortlos, nahm ihre Jacke, die über dem Stuhl hing und verließ die Wohnung. Maik hatte sie wieder einmal mitten ins Herz getroffen. Mit seinen harten Worten. Nebelmond ging Ellen über alles, ihr Herz hing an dem Pferd. Wie konnte Maik nur so gemein über ein Lebewesen sprechen? Wo er genau wusste, wie viel ihr das Pferd doch bedeutete? Sie fuhr an dem Morgen zum Stall. Vor Dienstbeginn blieben ihr noch 2 Stunden und die Zeit wollte sie mit ihrem geliebten Pferd verbringen. Die Sonne erhellte soeben den Horizont. Ein wunderschöner Tag kündigte sich an, als sie mit dem Auto hinaus auf die Landstraße fuhr. Der Nebel lichtete sich. Ellen spürte Sehnsucht in ihrem Herzen. Sie wusste nicht einmal genau, wonach sich ihr Herz genau sehnte, aber der Ruf war eindeutig. Vielleicht war es der Wunsch nach Freiheit, der tief aus ihrer Seele sprach. Freiheit, sich von einem Menschen zu befreien, der ihr nicht mehr gut tat. „Guten Morgen Heinrich!" Bedrückt stieg Ellen aus ihrem Auto und Heinrich nahm sie gleich freudestrahlend in Empfang. „So früh schon unterwegs, Frau Doktor?" Ellen lächelte mühsam. „Wo brennts denn? Ärger?" Ellen überlegte kurz, woher Heinrich immer alles so genau wusste. Konnte der alte Kauz eigentlich Gedanken lesen? War er Hellseher? „Frau Doktor noch nicht ganz, Heinrich!" Ellen hatte den alten Mann in ihr Herz geschlossen. Er gehörte zu ihrem Leben mittlerweile genauso dazu, wie dieses verrückte Fohlen, Nebelmond. Während sie auf ihren Freund Maik gut verzichten konnte. „Mädchen, du hast doch Kummer, das sehe ich dir an! Komm, bevor du zu deinem Pferd gehst, trinken wir beide erst mal einen Kaffee zusammen!" Da half keine Widerrede. Wenn Bauer Heinrich sagte, man ginge Kaffeetrinken, dann ging man Kaffeetrinken. Ellen hätte dem alten Mann diesen Wunsch auch nicht abschlagen können. Der Bauer setzte den Kaffee auf und Ellen nahm an dem großen Küchentisch Platz. Die Küche war freundlich eingerichtet. Helle Eichenmöbel, typisch urig und bäuerlich. Aber alles ordentlich, sauber und gepflegt. Bestimmt hatte Heinrich eine Putzfrau oder Haushaltshilfe, überlegte Ellen. „Was wollte denn der Herr Rosenthal von dir, Mädchen? Will er dich heiraten?" Ellen lachte über den komischen Humor von Heinrich und winkte bescheiden ab. „Nein, heiraten nicht, aber er ist sehr charmant, ein Kavalier!" „Jaaaaaaha, das war sein Vater auch! Ein Frauenheld war das, glaub mal! Der hat sich alles genommen, was nicht bei drei auf dem Baum saß!" Ellen grinste. Bauer Heinrich war scheinbar ziemlich durchtrieben. Gut, er war schließlich auch mal jung gewesen. Aufmerksam betrachtete Ellen die Bilder an der Wand. Auf ihnen waren verschiedenste Pferde auf Springturnieren und auf Rennbahnen zu sehen. Einige der anderen Aufnahmen zeigten auch eine wunderschöne Frau, die neben einem prachtvollen Schimmel stand. „Das ist meine Frau!" Heinrich hatte Ellen beobachtet und genau bemerkt, wie ihr Blick an dem Bild seiner Frau hängengeblieben war. Er nahm es von der Wand und setzte sich seufzend auf den Stuhl neben Ellen. „Das ist Maria!" Er reichte Ellen das Bild. „Das war Ihre Frau?" Heinrich nickte. „Ja! Sie ging leider viel zu früh von mir! Vor drei Jahren, den Krebs konnte sie nicht besiegen. Dabei hatte sie so viele Siege eingefahren, sie war eine begeisterte Springreiterin und sie ritt mit über 60 Jahren noch regional einige Turniere. Dann wurde sie krank und es ging ziemlich schnell steil bergab mit ihr." „Das tut mir leid!", sagte Ellen traurig. „Ja, Mädel, so ist das Leben! Es kann schnell vorbei sein und man sollte an jedem Tag das Beste aus den Stunden machen, die einem geschenkt werden!" „Ja! Deshalb muss ich mich auch unbedingt von Maik trennen! Er tut mir nicht mehr gut. Vielmehr, wir tun uns nicht mehr gut!"

„Maik ist dein Freund?" Bauer Heinrich kippte sich den kompletten Kaffeeinhalt seiner Tasse beinahe mit einem einzigen, großen Schluck hinunter. „Ja, wir haben nur noch Streit und Ärger! Er ist sogar eifersüchtig auf Nebelmond und kann nicht verstehen, dass mein Herz an dem Tier hängt. Das heißt doch nicht, dass ich ihn nicht liebe, nur weil ich ein Pferd gern habe! Das ist doch eine ganz andere Liebe, aber das versteht er nicht!" „Männer denken eben anders, Ellen!" Heinrich lachte. „Du bräuchtest einen Pferdefreund Ellen, einen Mann, dessen Herz ebenfalls für diese Tiere schlägt, sonst wird es wahrscheinlich immer Reibereien geben! Ich meine, Streit gibt es in jeder Beziehung. Oh ja, Maria und ich, wir haben auch gestritten, glaub mal nicht, dass es zwischen uns immer funktionierte, aber wir teilten beide die Liebe zu den Pferden!" „Naja, ehrlich gesagt, ist Nebelmond ja nicht mal mein Pferd. Natürlich denke ich oft darüber nach, dass sie mir ja eigentlich nicht mal gehört, diese kleine Stute Nebelmond. Dieser Gedanke quält mich, seitdem ich sie aus dem Schlachttransporter gerettet habe! Aber Heinrich, was genau hat es mit dem Fohlen auf sich? Sie sagten, es handele sich um ein Englisches Vollblut, ein Rennpferd! Woher sind Sie sich so sicher?" Ellen hatte abrupt das Thema gewechselt. Heinrich nickte. „Stimmt, lass uns lieber über die Pferde reden, anstatt über die Liebe! Maria sagte auch immer, Heinrich, bleib bei den Pferden, von Liebe hast du keine Ahnung!" Schelmisch zwinkerte er mit den Augen. „Entschuldigen Sie bitte, aber mit meinen Beziehungsproblemen zwischen Maik und mir möchte ich Sie nicht belästigen", warf Ellen kurz ein. „Mädel, ich habe jahrelang mit Rennpferden gearbeitet, das sieht ein Blinder, dass deine Stute ein Blüter ist!" „Wenn sie fit ist die Stute, Heinrich, könnte sie trainiert werden und ein Rennen laufen?" Heinrich legte plötzlich einen äußerst interessierten Gesichtsausdruck auf. „Nebelmond in einem Rennen? Auf der Rennbahn? Mädchen, ich sage dir jetzt mal was!" Heinrich holte tief Luft und sein dicker Bauch streifte bedrohlich an die

Tischkante. „Jedes Vollblut kann ein Rennen laufen! Wenn es trainiert ist, eine Lizenz hat, die Papiere vorliegen und ein vernünftiger Jockey obendrauf sitzt!" Ellen lachte herzhaft. Heinrich war zu komisch. Tränen stiegen Ellen in die Augen. Dieses Mal waren es allerdings „Lachtränen". Und ihr Lachen war ansteckend. Heinrich lachte mit. „Er ist verrückt mein Gedanke, ich weiß!" Ellen seufzte. „Das war jahrelang ein Traum von mir. Als kleines Mädchen träumte ich bereits davon, einmal ein Rennen zu reiten. Auf einem schwarzen Rennpferd! Als Kind sah ich diesen Film mit dem schwarzen Hengst, der auf dem Schiff wegen eines Unwetters von Bord sprang und den kleinen Jungen vor dem Ertrinken rettete. Die beiden waren auf einer Insel gestrandet und als man sie fand, nahm der Junge das Pferd mit nach Hause. Er wurde von einem alten Pferdetrainer trainiert und letztendlich ritt der Junge ein Rennen mit seinem schwarzen Hengst. Ich liebte als Kind diesen Film. Leider war ich zu großgewachsen und viel zu schwer, um selbst Jockey zu werden." „Träume nicht dein Leben, lebe deinen Traum!" Heinrich wurde ernst. „Hey, du sitzt an der richtigen Quelle beim Rosenthal! Wenn du aus Nebelmond ein Rennpferd machen möchtest, frag ihn! Ich kenne niemanden, der sich besser auskennt mit Rennpferden, als er und sein Vater. Gut, sein Vater ist bereits tot, aber Ralf hat diese Begabung mit in die Wiege gelegt bekommen!" „Ich habe eine Stute dort gesehen, ihr Name ist Bleeding Love!" Ellen stockte in ihrer Erzählung. Als sie an das Pferd dachte, wurde ihr ganz warm ums Herz. Sie hatte niemals zuvor ein Pferd von solch edler Schönheit gesehen. „Bleeding Love" und das verlorene Fohlen", fragte Heinrich nachdenklich und behutsam erkundigte er sich weiter. „Was ist mit ihrem Fohlen, Ellen?" Ellen war plötzlich hellwach. „Das wurde in einer Nacht-und-Nebel-Aktion auf der Weide bei den Rosenthals gestohlen und es verschwand auf Nimmerwiedersehen." „Ja, davon erzählte mir Herr Rosenthal!", gestand Heinrich. „ Könnte Nebelmond Bleeding Loves Tochter sein, Heinrich?" Ellen formulierte schließlich aus, was sie eigentlich nicht hatte aussprechen wollen. Aber der Gedanke ließ sie bereits seit den letzten Tagen, nachdem sie Bleeding Love gesehen hatte, nicht mehr los. „Was würdest du tun, wenn es so wäre? Würde das was ändern für dich?" Heinrich schüttete sich einen weiteren Kaffee nach. Er spürte, das Gespräch war noch nicht zu Ende und es wurde zusehends interessanter, denn mit der Frage nach der Herkunft des Fohlens, hatte auch er sich bereits beschäftigt. Die Aufrufe im Fernsehen um das Verschwinden des Fohlens hatte er im Gegensatz zu Ellen genau verfolgt. „Wenn es so ist, dann muss ich es Herrn Rosenthal wiedergeben, dann ist es sein Eigentum!" „Nein Ellen! So einfach ist es nicht! Du musst gar nichts! Herr Rosenthal müsste erst einmal beweisen, dass es sein Pferd ist! Und ich glaube nicht, dass die Stute schon gechipt worden ist und ein Brandzeichen hat sie auch nicht. Ich habe keines gesehen!" „Sie wäre für ihn sowieso nutzlos, ein Fohlen, das ein Bein gebrochen hatte, kann keine Rennen mehr laufen!", überlegte Ellen. „Das würde ich mal nicht sagen!", erwiderte Heinrich. „Ich gehe mit Nebelmond ein Stück spazieren, der Morgen ist so wundervoll und dann muss ich zum Dienst, Heinrich!" Ellen stand auf. Die Zeit drängte. Nebelmond war ein folgsames Pferd. Die Stute folgte Ellen auf Schritt und Tritt. Wenn Ellen mit der Stute durch den Wald spazierte, der rund um Heinrichs Hof lag, brauchte Ellen eigentlich gar keinen Führstrick. Nebelmond war auf Ellen fixiert. Sie war begeistert, wie nervenstark die Stute war, das Pferd erschreckte sich vor nichts. Nebelmonds Ausgeglichenheit war bewundernswert. Gewachsen war die Stute ein wenig. Hinten noch überbaut, ihr Hinterteil war höher als der Widerrist, aber das würde sich im Laufe der Zeit verwachsen. Kräfig bemuskelt war sie, die Stute. Das kam wahrscheinlich von der hügeligen Koppel, auf der Nebelmond mit den Pferden von Heinrich ihre „Kindheit" verbrachte. Von dem schrecklichen Unfall merkte man der Stute nicht mehr viel an. Ellen hatte nicht den Eindruck, dass die Stute Schmerzen in ihrem Hinterbein hätte. Alles schien sich tatsächlich zu verwachsen. Wer nicht wusste, welch schrecklicher Unfall hinter dem Pferd lag, würde nichts bemerken. Die Liebe von Ellen hatte bewirkt, dass sich selbst das Trauma, das die Stute erlitten hatte, langsam aber sicher davonschlich. „Ich habe dich sehr lieb!" Ellen gab ihrer Stute einen liebevollen Kuss auf die Stirn, als sie sich von ihrem Pferd verabschiedete, weil sie zum Dienst musste…Als Ellen des Abends vom Dienstschluss nach Hause fuhr, nahm sie sich fest vor, Maik vor die Tür zu setzen. Sie musste endlich einen Schlussstrich ziehen unter diese elendige, lieblose und bereits sinnlose Beziehung. Sollte er nicht gehen, würde sie eben ihre Sachen packen. Ellen machte Nägel mit Köpfen. „Maik, ich möchte die Trennung! Ich möchte, dass du deine Sachen packst und gehst!" „Ja, wo soll ich denn bitteschön hin?", stänkerte Maik aufgebracht. Sichtlich geschockt stand er im Vorraum. Ellen war kaum zur Tür hereingekommen und gleich wurde er mit den Worten, dass er ausziehen sollte, begrüßt. Er hatte wirklich so langsam die Nase voll von den Weibern. Nie konnte man ihnen was recht machen, immer hatten sie rumzunörgeln und waren unzufrieden. „Du könntest zu deiner Mutter ziehen, bis du eine Wohnung gefunden hast!", diesen Vorschlag rang sich Ellen noch ab und verzog sich dann ins Gästezimmer. Beide sprachen diesen Abend kein Wort mehr miteinander. Am nächsten Morgen fuhr Ellen frühzeitig zum Stall. Wie immer wollte sie vor Dienstbeginn mit Nebelmond eine Runde spazieren gehen. Dabei konnte sie herrlich abschalten und vergessen, den Sonnenaufgang beobachten und sich frei fühlen. Wenn Nebelmond eines Tages erwachsen wäre, dann könnte sie endlich in den Sonnenaufgang mit der Stute hineinreiten. Welch herrlicher Gedanke! Nebelmond stand auf der Stallgasse und Ellen bürstete ihr seidiges Fell. Das war ein Ritual, das vor jedem Spaziergang anstand und Nebelmond genoss die Zuneigung sehr. Anbinden brauchte Ellen das Pferd nicht. Nebelmond stand wie angewurzelt und bewegte sich nicht. Man hätte sagen können, sie gehorchte aufs Wort, wie ein Hund! „Ellen!

Ich will mit dir reden!" Eine aufgebrachte Männerstimme durchbrach die Idylle an dem Morgen. Maik war Ellen nachgefahren und er wollte versuchen, diese für ihn verzwickte Situation zu retten. Die Vorstellung, bei seiner Mutter einzuziehen, gefiel ihm gar nicht. Ellen schreckte zusammen, als sie Maiks Stimme hörte und sogar Nebelmond zuckte leicht. Maik stellte sich entrüstet vor Ellen und das Pferd. Einen kleinen Sicherheitsabstand hielt er zu beiden. Pferde waren ihm nicht geheuer. „Was willst du denn noch Maik?", fragte Ellen. „Mit dir reden! Das kann doch wohl nicht sein, dass das jetzt so mit uns endet, nur wegen diesem doofen Gaul da!", schrie Maik aufgebracht. Ellen kochte innerlich. Nebelmond war kein dummer Gaul und mit diesen Worten entschärfte Maik die Situation nicht gerade. Ellen hatte kein Verständnis, dass Maik nicht bemerkte, wie sehr er sich immer tiefer in die Scheiße ritt. „Hätte Herr Rosenthal den blöden Gaul doch einfach mitgenommen", fauchte Maik aufgebracht. „Dann wäre unsere Beziehung jetzt wenigstens nicht kaputt!" „Was hast du mit Ralf Rosenthal zu tun?" Ellen war entsetzt, als der Name Rosenthal fiel. Sie verstand mittlerweile gar nichts mehr, aber langsam dämmerte es ihr, worauf Maik hinauswollte. „Ich rief ihn an, er sollte sein Pferd abholen, das ist doch seins und nicht deins!" „Du hast was?", fragte Ellen entsetzt. Jetzt verstand sie so einiges. „Verschwinde, Maik! Ich will dich nicht mehr sehen! Hau ab!" Tränen schossen Ellen ins Gesicht. Vor Wut und Enttäuschung. Plötzlich trat Maik drohend auf Ellen zu und wollte sie am Arm greifen, um sie zur Besinnung zu bringen. „Jetzt hörst du mir mal zu!", zischte er in einer Tonlage, die einen besonders scharfen Unterton hatte. Ellen trat vorsichtig einen Schritt zurück. Sie spürte, Maik war so aufgebracht, dass sie nicht sicher sein konnte, ob er nicht gleich handgreiflich werden würde. Ihr wurde bewusst, Maik war krank, er tickte nicht mehr richtig. Ein Mensch, der eifersüchtig auf ein Tier reagierte, der war mit sich selbst nicht im Reinen. In dem Moment, als Maik Ellens Arm greifen wollte, trat Nebelmond auf den Mann zu. Mit angelegten Ohren drohte das Pferd Ellens Peiniger und stellte sich beschützend vor die junge Frau. Die Stute schnappte ein paar Mal in Richtung von Maiks Armen und schließlich stieg sie kerzengerade vor ihm in die Höhe. Maik hatte Mühe und Not, den ausschlagenden Vorderhufen des Pferdes zu entkommen. Beinahe wäre er getroffen worden. Entsetzt machte er auf dem Absatz kehrt und lief fassungslos aus dem Stall. „Was war denn los, was ist denn passiert?" Bauer Heinrich lief besorgt in den Stall zu Ellen, aufmerksam geworden durch ihr bitteres Weinen und wimmerndes Schluchzen. Er war vom Einkaufen zurückgekommen. Immer in der Früh fuhr er zum Bäcker um frische Semmeln zu besorgen und er fand Ellen weinend in seinem Stall vor. Die Pferde hatte er füttern wollen. „Maik!", stammelte Ellen aufgebracht. Heinrich nahm Ellens Arm, die an der Stallwand in sich zusammengesackt saß und ihren Kopf mit ihren Händen bedeckt hatte, und zog sie hoch. „Mädchen, komm erst mal mit, du bist ja völlig aufgelöst!" Heinrich bugsierte Ellen in seine Küche und hörte sich die Geschichte, die sie ihm unter Tränen erzählte, aufmerksam an. „Wenn Maik heute nicht bei dir auszieht, dann bleibst du solange, bis er weg ist, hier bei mir! Ich habe ein Gästezimmer, das ist kein Problem!" Ellen nahm das Angebot dankend an. Sie wollte nicht eher zurück nach Hause, bis Maik endlich aus ihrem Leben verschwunden war. Gewiss dauerte es einige Tage, bis Maik seine Sachen aus der gemeinsamen Wohnung geräumt hatte. Am Nachmittag stritten sich Ellen und Maik nochmals am Handy, Ellen drohte ihm mit dem Rechtsanwalt, würde er die Wohnung nicht schleunigst verlassen. Resigniert versprach er, auszuziehen. Kaum war dieses leidige Gespräch beendet, klingelte Ellens Handy erneut und Ralf Rosenthal war am anderen Ende der Leitung. Er fragte, ob er Ellen zum Essen einladen durfte. Nicht nur, dass Ellen absolut nicht in der Lage war, auszugehen, glaubte sie mittlerweile auch, dass Ralf Rosenthal sich nur um sie bemühte, weil er über sie an das Pferd gelangen wollte. Seine Liebesbemühungen empfand

Ellen mittlerweile als nichts anderes, als aufgesetzte Heuchelei. „Sie brauchen sich gar nicht weiter bemühen, Herr Rosenthal! Und wenn Sie mein Pferd haben möchten, dann beweisen Sie bitte erst einmal, dass es überhaupt Ihr Pferd ist!", sprach Ellen ziemlich deutlich in ihr Handy und legte schließlich ohne eine weitere Antwort von Ralf Rosenthal abzuwarten, auf.

Die Tage zogen ins Land...

Maik hatte sich tatsächlich an die Abmachung gehalten und seine Sachen aus der gemeinsamen Wohnung geräumt. Er war zähneknirschend zu seiner Mutter gezogen und gab sich geschlagen. Ellen konnte in ihre Wohnung zurückkehren und sie brauchte einige Tage, um wieder durchatmen zu können, nach all den Erlebnissen, die hinter ihr lagen. Irgendwann hatte die junge Frau allerdings der Alltag eingeholt und sie dadurch ihren Rhythmus und ihre Gelassenheit wiedergefunden. Ihre Arbeit und ihr Pferd nahmen Ellens volle Aufmerksamkeit in Anspruch. Im Moment spürte Ellen kein weiteres Verlangen nach anderen Aktivitäten.
Geschweige denn, einen Gedanken an die Liebe zu vergeuden. Männer waren doch alle gleich. Hinterhältig und nur auf ihre Vorteile aus. Dazu eifersüchtig und ungerecht. Unfair und niederträchtig. Auf solche miesen Spielchen wollte Ellen in Zukunft verzichten. Ihren nächsten Auserwählten, den würde sie sich aber ganz genau ansehen und ihn auf Herz und Nieren prüfen, bevor dieser einen Platz in ihrem Leben finden würde. So schnell zog kein Mann mehr in Ellens Herz ein. Eines Tages, es war gegen Abend, klingelte es unverhofft an Ellens Tür. „Nanu?" Wer mochte das sein. Als sie einen vorsichtigen Blick durch ihren Türspion warf, erblickte sie hinter der Tür Ralf Rosenthal. Ellen erschrak. Was wollte ausgerechnet der jetzt von ihr? Bestimmt ging es um Nebelmond. Natürlich hatte auch Ellen sich mit dem Gedanken beschäftigt, wie es weitergehen sollte. Wenn Ralf Rosenthal Druck machen

würde, weil er sein Eigentum forderte. Was sollte sie tun? Eines war klar, niemals würde sie sich kampflos von ihrem Pferd trennen. Egal was es kosten sollte. Die Geschichte, wie sie und Nebelmond zusammengefunden hatten, war viel zu wertvoll und unglaublich, als sie aufzugeben. Das Schicksal hatte entschieden, dass sie beide zusammengehörten. Wäre Ellen nicht gewesen, wäre Nebelmond tot. Als ob Ellen nicht bereits genug Ärger mit Maik hinter sich hatte, musste jetzt ausgerechnet Ralf Rosenthal bei ihr auftauchen. Ellen schluckte nervös und überlegte, warum das Schicksal eigentlich immer für sie solche Prüfungen vorgesehen hatte. „Ich gebe mein Pferd nicht her! Verschwinden Sie", rief Ellen durch die geschlossene Tür. Sie wusste sich nicht anders zu helfen. „Ich bin nicht wegen des Pferdes gekommen, sondern wegen Ihnen!" Die Worte jenseits der Tür klangen ehrlich. Trotzdem wollte Ellen nicht auf sie reinfallen. Männer konnten sich verdammt gut verstellen, um ihre Ziele zu erreichen, das hatte sie bereits gelernt. „Bitte", flehte Ralf Rosenthal leise. „Lassen Sie mich bitte erklären!" Ellen lugte noch einmal vorsichtig durch den Türspion und anstatt in das Gesicht von Ralf Rosenthal, blickte sie plötzlich in einen wunderschönen Strauß roter Rosen. „Scheiße", dachte Ellen. Welche Frau konnte bei Rosen schon „Nein" sagen? Ellen drehte den Schlüssel um und öffnete widerwillig die Tür. Ralf streckte Ellen den Strauß Rosen entgegen und setzte einen unschuldigen Dackelblick auf. Reumütig blickte er Ellen an. Die wunderschönen Blumen, die Ralf in seinen Händen hielt, waren für sie unwiderstehlich. „Okay, kommen Sie rein!" Ellen gab nach. „Ich wollte mich nicht aufdrängen bei Ihnen Ellen, aber ich kann Sie nicht vergessen, es tut mir leid!" Ellen nahm Ralf den Strauß ab. „Die Rosen sind ja wunderschön!", staunte sie und ihre Laune besserte sich beim Anblick der Blumen ein wenig. Maik hatte ihr niemals solch einen wundervollen Blumenstrauß geschenkt. Nicht in all den vielen Jahren. Sie stellte die Blumen in eine handbemalte Vase auf ihren Küchentisch. „Warum sind Sie wirklich hier, Herr

Rosenthal?" Ellen kam zur Sache, sie hatte es satt, dieses ständige Reden um den heißen Brei. Sie wollte sich kein großes Geschwafel mehr anhören. „Weil ich mich in Sie verliebt habe", gestand dieser. Als Ellen ihn ansah, stand Ralf vor ihr wie ein kleiner, verlegener Schuljunge. Er wurde ein wenig rot im Gesicht. „Manchmal geht das Schicksal eben komische Wege, Ellen! Ist Ihnen das noch nie passiert? Ich meine, dass wir uns treffen sollten, das war doch kein Zufall, oder?" „Ist Nebelmond Ihr Pferd?", fragte Ellen. „Nein!" antworte Ralf. „Sie bestreiten, dass Nebelmond die Tochter Ihrer Stute „Bleeding Love" ist?" „Nein!" „Nein?" Ellen verstand nicht, sie schüttelte ungläubig den Kopf. „Nebelmond ist die Tochter meiner Stute Bleeding Love, ja, aber das Fohlen ist nicht mein Pferd, es ist Ihres, Ellen!" Sprachlos war sie. Fassungslos war sie. All die Last fiel ihr in diesem Augenblick von den Schultern. Tränen liefen Ellen über die Wangen. Und sie konnte nicht mehr an sich halten. Der Schmerz, ihr Kummer und das Leid, das sie gesehen hatte in den letzten Wochen. Dies alles brach aus ihr heraus. Niemand hätte ihr das verdenken können. Die sterbenden Pferde auf dem LKW, die Entscheidung Nebelmond mitzunehmen oder sie zu erschießen, der Ärger mit Maik. Niemand hatte Ellen in den letzten Wochen in den Arm genommen. Alles hatte die junge Frau mit sich alleine ausmachen und über sich ergehen lassen müssen. Sich tapfer ihrem Schicksal entgegengestellt und Entscheidungen getroffen. Ellen weinte bitterlich. Ralf zögerte, aber dann tat er das einzig Richtige. Er nahm Ellen liebevoll in seine Arme und drückte sie fest an sich. Das war das erste Mal nach einer langen Zeit, dass Ellen sich geborgen fühlte und dieses Gefühl von „Nähe" war echt. Ralf Rosenthal meinte es ehrlich mit ihr, das fühlte Ellen in ihrem Herzen. Beide verharrten wortlos einige Minuten Arm in Arm und Ellen weinte sich ihren Schmerz aus der Seele und es tat ihr so verdammt gut…

Zwei Jahre später...

Eine wunderschöne Hochzeit. Zwei prachtvolle Schimmel zogen die Kutsche des Brautpaares. Sogar Bauer Heinrich hatte in der Kirche ein paar Tränen vergossen, als sich Ellen und Ralf das Jawort gaben und der Alte war weiß Gott nicht nahe an Wasser gebaut. Ellens bester Freund Steve, mit dem sie damals das Fohlen gerettet hatte, war Trauzeuge der Beiden. Er freute sich für Ellen aus ganzem Herzen. Als Überraschung hatte Steve in Absprache mit Ralf organisiert, dass Nebelmond draußen vor der Kirche wartete. Während Ellen und Ralf unter dem Reis-und Blumenregen die Treppen hinuntergingen, um die prachtvolle Kutsche zu erreichen, sollte Ellen ihr geliebtes Pferd entdecken. Nebelmond wurde von einem jungen Mädchen am Strick gehalten und ihre Mähne war feierlich eingeflochten. Etwas aufgeregt war die junge Stute. Die Musik, die vielen Menschen, alles war ihr fremd, aber sie blieb brav. Das Pferd spürte, das heute ein ganz besonderer Tag war. Als Ellen ihr Pferd sah, kullerten Tränen der Rührung über ihr Gesicht. „Ohne das Pferd hätten wir niemals zueinander gefunden, Ellen! Nebelmond musste heute einfach hier sein, sie ist ein Teil unseres Lebens, ich hoffe, wir haben dir eine Freude gemacht!" Ralf nahm Ellens Hand und küsste seine Braut. „Du machst mich so glücklich", sagte Ellen weinend. „Ich möchte, dass sie trainiert wird, Ralf!" Eines Tages traf Ellen die Entscheidung, Nebelmond, in deren Adern das weltbeste Rennpferdeblut floss, ausbilden zu lassen. „Sie soll wirklich ein Rennen laufen?" Ralf wurde nachdenklich. „Das entscheide ich, wenn sie trainiert ist, Ralf! Sie wird mir sagen, ob sie das möchte oder nicht, wenn es soweit ist. Das hängt von ihr ab!" Ralf liebte Ellen über alles und er hätte ihr jeden Wunsch erfüllt. Egal wie verrückt der Wunsch sein mochte und egal, wie viel Geld er kosten würde. Dabei war Ellen mit Geld kaum zu beeindrucken, Reichtum bedeutete ihr nicht viel, und das war wahrscheinlich einer der Gründe, warum Ralf Ellen so sehr liebte…! Nebelmond machte sich erstaunlich gut unter dem Sattel, als man die Stute einritt. Die Stute arbeitete konzentriert und ihr Galopp war schnell. Verdammt schnell. Je weiter das Training voranschritt, desto öfter wurde Nebelmond nach und nach an die schnellsten Pferde im Stall herangeführt. Gegen diese sollte sie auf der hauseigenen Sandbahn antreten. Nebelmond ließ die anderen Rennpferde sprichwörtlich im Regen stehen und galoppierte ihnen auf und davon. Der Trainer war begeistert. „Ein solch schnelles Pferd habe ich selten gesehen!", lobte er die Stute. Ellen beobachtete das Training. Nicht eine Trainingseinheit hätte es gegeben, bei der Ellen nicht dabei gewesen wäre. Sie war von der Schnelligkeit ihres Pferdes ebenfalls fasziniert. „Dieses Pferd ist unheimlich schnell und es läuft gern", meinte der Trainer anerkennend, als er wieder einmal die Zeit gestoppt hatte, in der Nebelmond um die Bahn flog. „Sie hat beinahe einen neuen Bahnrekord aufgestellt! Wenn sie ein Rennen laufen soll, dann sollten wir sie einmal zu einem Rennen für zweijährige Stuten anmelden!" „Glaubst du, sie will das, Ellen? Glaubst du, Nebelmond ist bereit, das zu tun?", fragte Ralf. „Ich hätte niemals gedacht, dass sie so viel Spaß am Laufen hat! Aber es gibt ein Problem, Ralf." Ellen machte ein besorgtes Gesicht. „Okay und das wäre?" „Sie wird nur ein einziges Rennen laufen!" „Ein Rennen?" Ralf verstand nicht recht, was Ellen ihm sagen wollte. Rennpferden blieben nur 1 bis 2 Jahre ihres Lebens auf der Bahn, dann war die Saison vorüber und Nebelmond war bereits 2 Jahre alt, für ein erstes Rennen war es beinahe zu spät, aber niemals hätte Ellen es geduldet, dass man Nebelmond im Alter von nur 1 oder 1,5 Jahren angeritten hätte. „Ich möchte, dass sie nur ein Rennen läuft! Ich möchte einmal nur sehen, wie mein eigenes, schwarzes Pferd über die Rennbahn fliegt, auch wenn ich wahrscheinlich einen Herzschlag erleide, wenn ich mir das Rennen live ansehe!" Ralf lachte. „Die haben dort gute Sanitäter!", scherzte er und zwinkerte Ellen schelmisch zu. „Und ich passe ja auch auf dich auf!" „Nebelmond hatte einen Beinbruch, sie war traumatisiert, ich möchte nichts riskieren! Wir versuchen das einmal, und egal wie es ausgeht, es wird nur dieses eine Mal geben! Egal ob sie gewinnt und somit herausgefordert wird für ein nächstes Rennen, oder sie verliert und sich somit in einem neuen Rennen beweisen müsste, um zuchttauglich zu sein, es gibt nur dieses eine Rennen! Ich will, dass sie nur ein Mal läuft!" Ralf nahm Ellen an die Hand und gab ihr einen Kuss. „Dein Wunsch ist mir Befehl und es ist dein Pferd, du entscheidest und das tust du solange, bis die Stute irgendwann über die Regenbogenbrücke geht und das wird noch viele Jahre dauern!" Nebelmond wurde zu einem Rennen für zweijährige Stuten angemeldet. Ellen gab dem Jockey ausdrücklich die Anweisung, dass er Nebelmond ohne Gerte reiten sollte. Dieser staunte nicht schlecht, das hatte ihm noch kein Besitzer befohlen, dass er ein Rennen ohne Gerte bestreiten möge. „Möchten Sie nicht gewinnen, Madame?", fragte er fassungslos. „Wenn mein Pferd gewinnen möchte, dann wird es das auch ohne Gerte tun!", klärte Ellen den Jockey auf. „Und wenn nicht?", hakte der Jockey zögerlich nach. „Wie soll ich es dann animieren? Ich bin noch kein

Rennen in meiner Karriere ohne Gerte geritten!" „Irgendwann ist immer das erste Mal im Leben!" Ellen zeigte kein Verständnis und blieb hart, diese Form von Animieren eines Tieres gefiel ihr einfach nicht. „Wenn die Startbox aufgeht und sie mit meinem Pferd da raus stürmen, Wladimir, dann wünschen Sie sich einfach, dass sie gewinnen und bitten Sie Nebelmond darum, es für Sie zu tun!" Am Tag des Rennens, als die Pferde verladen wurden, stand der LKW bereit, auf dem die Pferde zur Rennbahn transportiert wurden.
Nebelmond sollte als letztes Pferd verladen werden. Der Pfleger des Pferdes wollte die Stute hinaufführen. Als Nebelmond die Rampe des LKWs sah, stemmte sie mit all ihrer Kraft, die in ihr steckte, die Vorderbeine in den Boden. Erinnerungen wurden wach in ihr. Keine schönen Erinnerungen. Sie weigerte sich, den LKW zu betreten. In ihren Augen waren Panik und Angst zu lesen. Nervös wieherte sie und versuchte sich loszureißen. Ellen hatte das Wiehern ihres Pferdes im Wohnhaus vernommen und lief aufgeregt auf den Hof. Was genau vor sich ging, konnte sie nur erahnen, aber das Wiehern ihres Pferdes erkannte sie aus 1000 verschiedenen Pferden heraus. „Gib der Stute mal einen mit der Gerte", rief der Fahrer, als er sah, wie der Pfleger mit dem Pferd zu kämpfen hatte und es nicht die Rampe hinaufgehen wollte. Ein anderer Pfleger näherte sich mit einer Gerte von hinten und in dem Moment als er zum Schlag ausholen wollte, hatte Ellen die Menschenmenge erreicht. Empört riss sie dem Pfleger die Gerte aus der Hand. „Machen Sie das nie wieder mit meinem Pferd", schimpfte sie erbost und nahm das Führstrick. „Gehen Sie mal alle hier weg und zur Seite, ich verlade meine Stute selbst!" Die Pfleger, der Trainer und der Fahrer verzogen sich und sie gaben Ellen freie Bahn. Beruhigend sprach Ellen auf Nebelmond ein und streichelte der aufgebrachten Stute den Hals. Sie wendete das Pferd in die entgegengesetzte Richtung und ging mit Nebelmond an der Hand entlang den Weg, der zum Wald führte. „Wo will Madame hin? Das Pferd zur Rennbahn etwa führen?",

witzelten die Jockeys und das Gelächter war groß. „Wenn wir nicht bald fertig aufgeladen haben, dann verpassen wir das Rennen!", schnaufte der Trainer erbost. „Hey Lady, 5 Minuten, dann fahren wir ohne das Pferd", schrie er Ellen hinterher. „Hör mir zu Nebelmond! Du wirst heute einen großen und besonderen Tag haben! Mit vielen Menschen, Musik, Tumult und es wird bestimmt nicht einfach für dich, das alles zu ertragen, das weiß ich. Aber du tust es für mich! Heute läufst du für mich Nebelmond, und nur für mich. Du gehst da raus und zeigst es ihnen. Ich glaube an dich und ich bitte dich darum, es zu tun! Ich weiß dass du das kannst!" Ellen gab der Stute, die aufmerksam die Ohren spitzte, ein Stück Möhre. „Und jetzt gehen du und ich brav auf den LKW hinauf. Es wird nichts passieren, das verspreche ich dir!" Ellen wendete das Pferd und marschierte zurück zum Transporter. Nebelmond folgte ihr widerstandslos, sogar als Ellen die Rampe hinaufstieg. Zum Erstaunen der Männer, die das Geschehen aus der Entfernung beobachteten. „Egal was sie dem Gaul zugeflüstert hat, es hat jedenfalls gewirkt", meinte der Jockey anerkennend. „Hoffentlich hat sie ihrem Pferd auch ins Ohr geflüstert, dass es als erstes ins Ziel kommen soll", lachte der Pfleger. Für Ellen war es das erste Mal, dass sie bei einem Rennen auch als Besitzerin eines Rennpferdes auftrat. Mehrere Male fragte sie Ralf zuvor, was sie anziehen sollte. Sich so aufzudonnern, wie sie das von den Damen aus den Fernsehfilmen kannte, wollte sie nicht. Mit Hut und Kleid und so, nein, das war nicht ihre Welt. „Außerdem, ich muss mich um Nebelmond kümmern! Da kann ich doch nicht mit Stöckelschuhen durch den Schlamm laufen!"„Ellen, um das Pferd kümmert sich ein Pfleger", lachte Ralf. „Ja, aber nicht um meines! Um Nebelmond kümmere ich mich selbst!" Ralf hatte größten Respekt vor Ellen. Eine Frau wie diese, war einfach einzigartig und sie machte ihn unheimlich glücklich. Ralf machte das auch überhaupt nichts aus, als er auf dem Rennplatz gefragt wurde, ob er eine neue Pferdepflegerin hätte, als er der „High Society" Ellen als „seine Frau" vorstellte. Ralf war stolz auf Ellen. Wie sie mit ihrem Pferd umging, das war vorbildlich. Ihren starken Glauben bewunderte er. Und was hatte diese tapfere Frau nicht alles durchgemacht. „Heute läuft ein Außenseiter, „Nebelmond", kennst du das Pferd, Ralf?" Ein alteingesessener Bekannter von Ralf, ein Konkurrent, ein Pferde- und Rennstallbesitzer, dessen Pferd ebenfalls in dem Rennen gegen Nebelmond antreten würde, gesellte sich zu Ralf und Ellen auf die Tribüne. „Ja, das ist das Pferd meiner Frau!" „Oh! Das ist ja interessant, aus welcher Zuchtlinie entstammt ihr Pferd, Lady?" Seine neugierige Frage war an Ellen gerichtet. „Das ist eine unbekannte englische Linie, ein recht neuer Vererber, er hat bisher nur wenige Nachkommen. Von denen war noch keiner erfolgreich auf der Bahn", antwortete Ralf rasch. Im selben Moment drückte er Ellens Hand. Ellen sah ihn erstaunt an. Ralf beugte sich zu ihr und flüsterte: „ Hier weiß niemand, dass Nebelmond Bleeding Loves Tochter ist, die heute läuft Ellen, und niemand hat auf Nebelmond gewettet, außer Heinrich und ich!" Ralf zeigte stolz mit dem Finger auf zwei Sitzreihen unter ihnen und Ellen entdeckte tatsächlich Bauer Heinrich. Als dieser Ellen sah, winkte er freudig. „Wenn dein Pferd gewinnt, sind Heinrich und ich reich!" Ralf grinste spitzbubenhaft. „Du hast was? Wie hast du das geschafft, du bist ohhh…!" Ellen war ganz außer sich. Aber im positiven Sinne. Anscheinend wusste wirklich niemand, außer Ralf, Bauer Heinrich und Ellen, dass es sich bei Nebelmond um Bleeding Loves Tochter „Blue Native Dream" handelte. Ralf hatte es niemandem erzählt, um Ellen nicht in Bedrängnis zu bringen. Wie auch immer Ralf das geschafft hatte, diese Sensation zu verheimlichen, es blieb vorerst ein Geheimnis. „Hast du auch gewettet auf dein Pferd, Ellen", flüsterte Ralf leise. „Nein, ich wusste ja gar nicht, wie das geht und als noch etwas Zeit war, da habe ich nach meiner Stute gesehen. Ich wollte Nebelmond nicht alleine lassen!" „Macht nichts, falls ich gewonnen habe, ich teile meinen Gewinn gern mit dir!" Ralf gab Ellen einen Kuss. Die Pferde wurden zu den

Startboxen geführt. Nebelmond war aufgeregt. Ellen sah es ihrer Stute genau an. Unruhig schlug sie mit dem Kopf und tänzelte. Ellen wurde immer nervöser. Ralf hielt ihre Hand. „Du kannst jetzt nicht mehr da runtergehen, Ellen, alles wird gut", versuchte er seine Frau zu beruhigen. „Ich hoffe es", stöhnte Ellen und sie hielt sich die Hand vor Augen. Sie wollte nicht mit ansehen, wie Nebelmond in die Startbox verbracht wurde. „Ist sie drin? Ist sie drin", fragte Ellen immer wieder. „Noch nicht", aber bald!", besänftigte Ralf seine aufgebrachte Frau. „Jetzt! Sie ist drin!" Ellen öffnete ihre Augen und wagte kaum noch einen Atemzug zu nehmen. „Hoffentlich geht das gut", jammerte sie. „Jetzt muss sie nur noch rennen, Ihre Stute und am besten nicht an letzter Position ins Ziel kommen!", lachte der Mann, der neben Ellen saß und sie zuvor nach der Abstammung von Nebelmond befragt hatte. Da flogen auch schon die Türen der Startboxen auf. Ralf atmete tief durch: „Jetzt gibt's kein Zurück mehr!" Ellen glaubte, ihr Herz könnte das nicht durchstehen. Ein dichter Kreis von Pferden bildete sich. Dieser würde sich nach und nach auflösen und eines der Pferde musste die Spitze übernehmen. Die Sekunden verstrichen…...Ein dunkles Pferd übernahm die vordere Position…,,Sie ist ganz vorne, Nebelmond hat die Führung übernommen", Ralf klang erschrocken. „Was bedeutet das?" Ellen konnte sich vor Aufregung kaum noch halten. Sie war so nervös, wie nie zuvor in ihrem Leben. „Das ist gegen die Regeln, die wir dem Jockey gegeben haben. Verdammt nochmal! Er sollte die Stute zurückhalten! Ganz vorne von Anfang an dabei zu sein, ist niemals gut, da verausgaben sich die Pferde zu schnell! „Das Tempo bis zum Schluss kann Ihr Pferd niemals durchhalten", triumphierte der Mann neben Ellen. Die Ironie sprach aus seinem Herzen. „Warum hält Wladimir sie nicht zurück? Verdammt, was tut der Idiot da?" Ralf, der bis zu dem Zeitpunkt, als die Pferde aus den Startboxen schossen, mit seinen Nerven eigentlich gut beisammen schien und die Ruhe selbst war, wurde nervös und betrachtete den Rennablauf äußerst skeptisch. Nebelmond hatte sich eindeutig an die Spitze gesetzt und galoppierte ihren Verfolgern davon. Genauso, wie sie es zuhause auf der Sandbahn getan hatte. Sie lief und lief. Es war, als wurde sie immer schneller. Raumgreifender ihre Galoppsprünge, sie vergrößerte zusehends ihren Rahmen. Sie flog über die Bahn. Nebelmond wurden in ihrem Bewegungsablauf stetig flacher, sie rannte, was ihre Beine hergaben. Der Abstand zu ihren Verfolgern wurde größer und weiter. Ellen hörte den Ansager nur noch dumpf durch den Lautsprecher schreien: „Die Außenseiterin „Nebelmond" setzt sich mit 6 Längen Vorsprung bereits vor der ersten Kurve deutlich vom Feld ab! Das ist ein Wahnsinnstempo, das kann kein Pferd der Welt bis zum Zieleinlauf durchhalten!" Ellen faltete die Hände. Sie wusste nicht, was passieren würde und ob sie beten sollte, aber sie konnte die Dinge nicht ändern. Nebelmond war nicht aufzuhalten. Ellen erinnerte sich plötzlich an den Film „Secretariat". An das Rennpferd, das mit vielen Längen Vorsprung vom Start bis zum Ziel in den 70 er Jahren durchgehalten und einen Bahnrekord nach dem anderen aufgestellt hatte. Als Ellen den Film, der auf wahren Tatsachen beruhte, gesehen hatte, hatte sie vor dem Fernseher weinen müssen. Heute lief ihr eigenes Pferd auf der Rennbahn. Gänsehaut, Demut und Faszination überkamen Ellen. Immer schneller schien dieses Pferd zu werden und niemand konnte seinen Augen trauen, was auf der Rennstrecke unterhalb der Tribünen vor sich ging. Niemand hätte die Stute aufhalten können. „Eine echte „Eden Rock", die kämpft vom Start bis ins Ziel und ist lieber tot als Zweiter!" Bauer Heinrich blieb äußerlich unbeeindruckt. Regungslos saß er da, aber sein Herz schien vor Freude beinahe zu zerplatzen. Seit Jahren hatte er kein Pferd wie dieses mehr zu Gesicht zu bekommen und dazu war die Stute in seinem Stall aufgewachsen. Der Stolz stand ihm ins Gesicht geschrieben. Der Sitznachbar blickte ihn erstaunt an. „Hier im Katalog steht, die Stute stammt ab von einem neuen Hengst, der im Rennen noch keine erfolgreichen Nachkommen hat, das ist doch keine „Eden Rock" „Tochter, die da über das Feld fliegt…!" Bauer Heinrich machte eine abweisende Handbewegung in die Richtung des Mannes. Er wollte in Ruhe das Renngeschehen verfolgen. „Nebelmond ist nicht einzuholen", dröhnte es aus dem Lautsprecher. „Da muss der Jockey aber gleich in der Zielgeraden, wenn die anderen von hinten kommen, mit der Gerte mächtig draufhauen, wenn er mit dem Tempo bis ins Ziel durchhalten will", klugscheisste der neunmalkluge Widerling neben Ellen. „Der Jockey hat keine Gerte", antwortete Ellen trocken. „Ja, dann wird er das Rennen wohl verlieren!" Der abstoßende Typ schien begeistert. Ellen schüttelte den Kopf. Da muss ich Ihnen widersprechen: „Ein Pferd kannst du nicht zwingen, etwas für dich zu tun. Du kannst es lediglich darum bitten." Der Widerling schmiss sich in die Brust und sagte lapidar: „Aha und Sie haben Ihres darum gebeten zu gewinnen, Lady? Wir sind hier auf einer Rennbahn und nicht auf ner` Ponyveranstaltung!" Und dann lachte er los. Sein Pferd rückte an die zweite Position vor, aber es lag immer noch gut 5 Längen hinter Nebelmond, die bereits durch die nächste Kurve flog. „Wo will diese Stute hinrennen, verdammt noch mal, sowas habe ich noch nie gesehen!" Ralf war mittlerweile aufgestanden, hatte sich von der Tribüne erhoben. Nicht nur er, einige andere Menschen taten es ihm nach, als es für die Pferde in den Zieleinlauf ging. Sie waren fasziniert von dem Ereignis, das sich vor ihren Augen auf der Rennbahn abspielte. Einige von ihnen ahnten, dass sie ein Pferd wie Nebelmond, das von der Startbox bis in die Zielgerade an erster Stelle lief, so schnell nicht mehr vor ihr Gesicht bekommen würden. „Was für ein Pferd!" Ralf war fassungslos. Die letzte Gerade lag vor dem galoppierenden Feld und Nebelmond lief weiterhin unangefochten an erster Position. „Nebelmond mit 6 Längen in Führung! Unglaublich diese Stute! Leute, was wir hier für ein Rennen geboten bekommen, das ist einmalig in der Renngeschichte! Sollte die Außenseiterin das durchhalten, mit dem Tempo ins Ziel zu laufen, dann stellt sie einen neuen Bahnrekord auf!" Als die Pferde auf die Gerade kamen, nahmen die Jockeys die Gerten hinzu und striffen die Pferde, damit sie an Tempo zulegten. Ellen sah, wie der Jockey auf Nebelmond, an seinen Ellenbogen vorbeispähte und das Feld hinter sich beobachtete. Einige der Pferde näherten sich gefährlich an Nebelmond heran. Dadurch, dass die Tiere von ihren Jockeys angetrieben wurden, ihr Letztes an Geschwindigkeit zu geben, was in ihnen steckte, kam Nebelmond in Bedrängnis. „Stellas Girl" holt auf, setzt sich an zweite Position, dahinter „Chinatwon", gefolgt von „Glennridges Silvergirl", knatterte es durch den Lautsprecher. Ellen sah genau, dass der Jockey Wladimir noch einmal unter seinen Ellenbogen hindurch blickte und ebenfalls sah, dass das Feld hinter ihm bedrohlich aufholte. Der schmierige Typ neben Ellen freute sich bereits, denn seine Stute „Stellas Girl" machte mächtig Boden gut. „Jetzt wird Nebelmond zurückfallen", seufzte Ralf. „Das Tempo kann sie nicht mehr stehen!" „Nein! Nebelmond wird laufen!" Ellen nahm Ralfs Hand und drückte sie ganz fest. „Ich habe sie gebeten, es zu tun! Für mich! Für uns, zu gewinnen Ralf, und sie wird es, wenn sie das will! Ganz bestimmt!" Ralf blickte Ellen warmherzig an. Ihn beeindruckte die Tatsache, wie überzeugt Ellen von ihrem Pferd war, und er zweifelte nicht daran, dass Nebelmond Ellen nicht enttäuschen würde, wenn sie dieses Pferd wahrhaftig um etwas gebeten hatte. Kurz nachdem sich Wladimir auf Nebelmond vergewisserte, dass seine Verfolger verdammt nahe waren, schien es, als beschleunigte Nebelmond ihr Tempo abermals. Dabei trieb Wladimir sie nicht an. Er hatte keine Gerte, mit der es hätte tun können, aber die brauchte er auch nicht…! „Komm Mädchen, du schaffst das!", flüsterte Ellen und ihre Nervosität war mittlerweile verflogen. Sie hatte keine Angst mehr. Anfänglich hatte sie sich gesorgt, als Nebelmond in dem hohen Tempo losgeschossen war, ihr Bein könnte nicht halten oder durch die Geschwindigkeit würde die Lunge des Pferdes zerreißen. Ellen spürte, Nebelmond gab das Tempo freiwillig vor. Sie bekam keinen Druck. Die Stute wollte laufen und scheinbar auch

gewinnen. Allen anderen wollte sie davon galoppieren.
Nebelmond lief das Rennen ihres Lebens. Vom Start bis ins
Ziel ließ sie sich nicht aufhalten und auch nicht schlagen.
„Nebelmond beschleunigt, seht Euch das an Freunde, die Stute
ist sensationell, sie geht mit 6, ja 7 Längen in Zielrichtung!
Nur noch 800 Meter zu galoppieren und die Stute ist nicht zu
stoppen! Je länger dieses Pferd galoppiert, desto schneller wird
es! Das, was wir hier sehen, ist ein Wunder in der
Renngeschichte. Ein Pferd galoppiert vom Start bis zum Ziel
unangefochten in einem Wahnsinnstempo an der Spitze, das
nicht zu schlagen ist! Was für ein Rennen! Was für ein Pferd!"
Die Worte des Sprechers überschlugen sich förmlich.
Nebelmond lief ihr Rennen. Ein einziges Rennen, das Rennen
ihres Lebens… Die Stute war von keinem der anderen Pferden
einzuholen. Ungeschlagen durchschoss sie als erste der 12
Pferde die Ziellinie. Und selbst als sie das Ziel hinter sich
gelassen hatte, hatte der Jockey große Mühe, Nebelmond
anzuhalten und sie zu zügeln. Beruhigend sprach Wladimir auf
die Stute ein. Ein Pferd wie Nebelmond, war er nie zuvor
geritten in seiner Karriere, er hatte größten Respekt vor diesem
Pferd. In dem Moment, als die Startbox aufschlug, hatte er
sich gewünscht zu gewinnen. Er trug als einziger Jockey
keine Gerte bei sich, mit der er den Gewinn hätte raus reiten
können. So wie er es in all den anderen Rennen zuvor getan
hatte und er war mehr als 100 von ihnen geritten. Den Sieg
raus zureiten aus einem Pferd, auf dem er saß, ohne Gerte, war
nahezu lachhaft und unmöglich. Nebelmond hatte er
tatsächlich gebeten, ihn zum Sieg zu tragen. Was hätte er sonst
tun sollen? Wladimir war angewiesen auf die Bereitschaft der
Stute, für ihn zu siegen. Ihrer Willkür, es zu tun, war er
ausgeliefert. Somit blieb ihm nichts anderes übrig, als an das
Herz des Pferdes zu appellieren und an den Siegeswillen der
Stute zu glauben. Wladimir erhoffte ein Wunder und dass
dieses Pferd unter ihm den Ruf seines Herzens wahrnehmen
und ihm folgen möge. Ein Jockey ohne Gerte war eine
Lachnummer auf seinem Rennpferd. Unbewaffnet träumte

Wladimir vom Sieg, als er mit Nebelmond über die Bahn flog und niemand konnte sein Pferd aufhalten, es für ihn zu tun. Vom Sieg Nebelmonds träumte Wladimir für die restlichen Zeiten in seiner Rennkarriere, denn es passierte nie wieder, dass ihm ein Pferd wie dieses begegnete und er es reiten durfte. Ein Pferd, das gewinnen wollte, weil man es darum gebeten hatte, anstatt es zum Sieg zu zwingen. Wenn man mit der Gerte auf seinen Körper schlug, tat man es eigentlich, um es damit zu bestrafen. „Ein Sieg aus Zwang und Druck, ist ein Verrat am Tier, aber niemals ein Erfolg", hörte man Wladimir viele Jahre später in einem Interview antworten, auf die Frage, warum er seine Rennen nach dem grandiosen Sieg von Nebelmond alle ohne Gerte ritt. Niemand der anwesenden Menschen hätte geglaubt, was passiert war, wenn sie es nicht mit eigenen Augen gesehen hätten. „Unglaublich!" „Sensationell!" „Einzigartig!" „Was für ein Pferd!" hallte es durch die Menschenreihen. Ellen bekam von alledem nichts mehr mit. Wie in Trance lief sie quer über die Tribünen, um zu ihrem Pferd zu gelangen und sich bei Nebelmond zu bedanken. „Was verdammt noch mal ist das für eine Stute, die Ihre Frau da im Rennen hatte, Rosenthal?", ächzte der Widerling, als er Ralf zum Sieg die Hand schüttelte. „Ein Wunderpferd", entgegnete dieser und machte sich ebenfalls auf den Weg, um Ellen nicht im Getümmel zu verlieren. Immerhin musste sie zur Siegerehrung ihres Pferdes.

Ellen war Besitzerin des Siegerpferdes! Als Ellen Nebelmond erreichte, fiel sie der Stute überglücklich um den Hals. „Wo wolltest du nur hinlaufen, Nebelmond?", fragte sie mit Tränen in den Augen. „Das hätte ich auch gerne gewusst, ich glaubte, die Stute würde nie wieder anhalten Madame", lachte der Jockey. „Lady, ich habe Ihr Pferd gebeten zu gewinnen und diese Stute hat es getan! Sie hat es tatsächlich getan! Ist das nicht phantastisch?" Wladimir war ganz außer sich. Als Ralf schließlich Ellen, den Jockey und Nebelmond erreicht hatte, fragte er japsend und nach Luft ringend: „ Wladimir, wo wolltet ihr hin, verdammt noch einmal? Warum hast du die Stute nicht zurückgehalten, so wie es besprochen war?" Der Jockey schüttelte entgeistert den Kopf. „Zurückhalten? Wo ist die Bremse bei diesem Pferd bitteschön? Ihr macht alle Witze! Dieses Pferd hat nur Gaspedal, Bremse funktioniert nicht!" Bauer Heinrich konnte sein Glück nicht fassen. Er hatte mal eben schlappe 20.000 Euro gewonnen. Sein Wetteinsatz mit dem Siegertipp auf Nebelmond hatte sich gelohnt. Endlich konnte er sich den Trecker leisten, für den er so lange geschwärmt hatte. Von den Menschen, die an dem Tag auf dem Rennplatz anwesend waren, wunderte es niemanden, dass Nebelmond nach dem Rennen vor der Siegerehrung zur Dopingkontrolle musste. Bis zur Bekanntgabe des Ergebnisses dauerte es eine Weile und in der Zeit gab es bereits einige Interessenten aus dem Ausland, die Ralf eindeutige Angebote für Nebelmond machten. Summen wie eine halbe Million, waren nichts Ungewöhnliches für die reichen Scheichs aus Dubai. „Das Pferd ist unverkäuflich!", trotzte Ralf sämtlichen Geboten. Der Satz „Nebelmond ist unverkäuflich", sprach sich rasend schnell herum. In kürzester Zeit verbreitete sich diese Information wie ein Lauffeuer.

Die Dopingkontrolle war negativ. Nebelmond war unangefochtene Siegerin mit 7 Längen Vorsprung im Rennen der 2 jährigen Stuten und bekam die Siegerschärpe umgehangen.

Sie stellte einen neuen Bahnrekord auf, der bis heute als ungeschlagen gilt. Als Ralf und Ellen nach dem Rennen ein Dinner gaben und bis in die frühen Morgenstunden mit den anwesenden Sponsoren, Freunden, Jockeys, dem Trainer und allen Beteiligten, die an dem Rennen Anteil hatten, zusammen ihren Sieg feierten, fragte Ralf vorsichtig: „Bist du sicher, dass es nur dieses einzige Rennen war, das Nebelmond laufen sollte, Ellen?" „Ich habe Nebelmond gebeten, zu gewinnen. Sie hat es getan und das Gefühl ihres Sieges ist wundervoll und unglaublich für mich. Ein Kindheitstraum wurde wahr. Ich möchte niemals mein Glück herausfordern, sondern es im Herzen bewahren, für immer!

Einfach glücklich sein, Ralf! Ich möchte mit dir und Nebelmond zusammen ausreiten, durch den Morgennebel in den Sonnenaufgang galoppieren.

Hand in Hand.

Das wünsche ich mir, mehr Freude und Glück brauche ich nicht in meinem Leben!

Ich liebe dich Ralf, ich liebe dich so sehr."

Ralf stand auf und griff behutsam nach Ellens Hand.

„Komm!"

Zu den Gästen am Tisch sagte er:

„Ihr entschuldigt uns bitte, wir wollen den Sonnenaufgang erleben und einfach glücklich sein!"

Ende

Weitere Geschichten von Anais C. Miller

Charisma

Classic Star

Querbeet

Vergessenes Kind

Pferdeschicksale

Erotische Liebesbriefe

Nebelmond

Brief an W (Die Biografie der Anais C. Miller)

Das Buch Nebelmond ist auf Anfrage auch in der Version mit den Geschichten meiner Leser erhältlich, die über ihre verstorbenen Tiere berichtet haben. Aufgrund der vielen Bilder leider zu einem anderen Preis. Deshalb bei Interesse bitte melden!

Besucht mich auch auf Facebook

Unter @ Sorgenkind, @Charisma, @ Anais C. Miller und @Erotische Literatur Elle Voyage, @Vergessenes Kind und @Brief an W.

..Ich ging Reiten und war glücklich...

Anais C. Miller

Herstellung und Verlag:
BoD - Books on Demand, Norderstedt
ISBN 978-3-7431-9065-8